KB128479

톱스타의 킬링 필드

톱스타_의 킬링필드 3

초판 1쇄 인쇄일 2017년 2월 18일 ┃ **초판 1쇄 발행일** 2017년 2월 21일

지은이 권하율 ┃ **펴낸이** 곽동현 ┃ **담당편집 팀장** 이범수
편집부 신연제 이윤아 홍현주 김유진 조서영 임소담

펴낸곳 (주) 조은세상 ┃ 출판등록 제 2002-23호
주소 경기도 연천군 미산면 청정로 1355
TEL 편집부 02)587-2966 ┃ FAX 02)587-2922
e-mail bukdu@comics21c.co.kr

권하율 ⓒ 2017
ISBN 979-11-5832-860-3 ┃ ISBN 979-11-5832-857-3(set) ┃ 값 8,000원

톱스타의 킬링필드

Hell is coming

3

NEO FUSION FA

권하율 퓨전판타지 장편소설

북두
(주)조은세상

권하율 퓨전판타지 장편소설

NEO FUSION FANTASY STORY

CONTENTS

Hell is coming

톱스타의 킬링필드

Hell is coming

chapter 1. 살인의 성

Hell is coming

chapter 1. 살인의 성

"……."

눈을 다시 떴을 때 보인 것은 새하얀 공간이었다.

강혁은 역시 여긴가… 라고 말하면서도 갑작스러운 돌입 상황에 불만을 토했다.

[사용자 '강혁' 의 데이터를 계승합니다.]

[로딩 중…….]

[완료되었습니다.]

이제는 익숙하게 마저 느껴지는 메시지창의 내용을 응시 하고 있자 차례로 데이터들이 새겨지기 시작했다.

[상태창]

이름: 강혁

종족: 인간

직업: 생존자

스킬: [냉철한 판단력(패시브)], [생존 본능(패시브)], [염
력(액티브)], [불사의 기백(액티브)]

〈스테이터스〉

근력: 15

체력: 14

순발력: 17

정신력: 13

카리스마: 15(+5)

스테이터스창에는 지난 시간들의 노력들이 고스라이 담
겨져 있었다.

근력, 체력, 순발력 등 육체와 관련된 부분에서 충분한
성장이 있었던 것이다.

염력을 사용하는 수치와 관련이 있는 정신력의 경우는
좀처럼 오르지 않아서 사실 반쯤은 포기하고 있는 상태였
지만, 정작 염력 스킬의 레벨 자체는 무려 3레벨까지 찍은

상태였기 때문에 아쉬울 것은 없었다.

참고로, 3레벨의 염력은 반경 8미터 내에 있는 최대 5Kg까지의 무게를 들어 올릴 수 있다.

그 정도라면 어지간한 쇠붙이 정도는 다룰 수 있으리라.

잘만 쓰면 무협소설에서 나오는 이기어검 같은 기술처럼 사용할 수도 있겠지.

위력에 대한 부분은 역시 좀 더 생각해봐야 될 부분이지만 말이다.

"뭐, 나쁘진 않군."

누적된 상태창을 대강 훑어 내린 강혁은 이내 그 아래에 떠올라 있는 데이터를 응시했다.

[생존 기록지]

시나리오 1. 죽음으로부터의 시작(클리어!) – SSS랭크
시나리오 2. 생존 증명(클리어!) – S+랭크
시나리오 3. 무정함의 선택지(대기 중….)
...
......
시나리오 10. 잠김

지나온 시나리오와 앞으로의 행보에 대해 적혀진 기록지.

그곳에는 지난번 지하 감옥에서의 일에 대한 점수와 함께 그 이유가 메모로 함께 남겨져 있었다.

〈〈시나리오 2의 기록〉〉
-판단력: SSS랭크
-생존력: SS랭크
-행 운: SSS랭크
-클리어 속도: SS랭크

=하드모드 보너스로 인해 등급 상승!
=종합 기록: SSS랭크

★특수 케이스 '카론'과 조우!
★시나리오의 클리어에 카론이 미치는 영향력이 60%이상이었으므로 감점 요소가 발생!

=최종 기록: S+랭크

"과연… 그런 건가."

세부 기록지를 읽고 나니 그제야 이해가 가는 기분이었다.

솔직히 지난번 시나리오의 난이도와 그것을 지나온 과정들을 떠올려보면 시나리오 1때와 마찬가지로 SSS랭크를 받아도 모자람이 없을 거라 생각했으니까.

'하긴, 그 해골이 캐리하긴 했지.'

강혁은 새삼스럽게 카론의 모습을 떠올렸다.

구속에서 풀어준 대가로 자신의 스킬 중 하나를 공유해준 것으로도 모자라 탈출과 관련된 지식을 비롯한 전투방법에 대한 기억까지 전이해준 존재.

싸우는 법이라면 이미 사혁만의 기억만으로도 충분한 상황이었지만, 카론의 기억은 또 달랐다.

'인간이 아닌 것들을 상대하는 법.'

카론이 전해준 기억은 바로 인간이 아닌 괴물들을 상대하는 법이었다.

그가 지닌 방대한 지식들을 모두다 전해준 것도 아니었으며, 정작 전해진 기억조차 두루뭉술하고 희미하기 그지없었지만 그 형태만큼은 뚜렷이 뇌리 속에 박혀 있었다.

'아마 그만의 배려였겠지.'

그는 분명 강혁과는 비교도 할 수 없는 곳을 수없이 지나쳐온 강자였을 테니까 말이다.

때문에 그는 알고 있는 것이다.

앞으로 강혁이 마주하게 될 지옥의 이면에 대해.

"피할 수도 없는 악몽이라니… 정말 지랄 맞구만."

강혁은 한숨을 내쉬며 상태창과 생존 기록지를 내리고 그 아래에 떠오른 데이터를 응시했다.

[클리어 보상]

-시공 상점 개방

-회복력2(보조) or 피부 강화(보조)

[S+랭크 점수 보상]

-보너스 스텟 포인트 5

"썩 나쁘진 않은데?"

지난번에 비하면 아무래도 조잡한 보상이 나오지 않을까 생각 했었는데, 꽤나 만족스러운 보상이었다.

어차피 염력 하나 쓰는 데만 해도 아직 완벽하게는 다 적응하지 못했는데 스킬이 하나 더 생겼다가는 오히려 악영향을 미칠 수도 있는 거니까.

아니, 차라리 더 잘 된 일인지도 몰랐다.

지난번의 일로 스스로가 지닌 힘이 얼마나 보잘 것 없는 것인지에 대해서 여실히 깨달을 수 있었으니까 말이다.

'노력을 통해서 성장시키는 형태가 아니라 이렇게 직접적으로 투자할 수 있는 스텟 포인트를 준다는 건 그만큼 앞으로의 일정이 극악하다는 거겠지.'

평범한 인간의 노력만으로는 결코 극복할 수 없을 만큼 말이다.

"어쨌든 이걸로 보너스 스텟은 총 10포인트로군."

스테이터스 창 우측 상단에 떠있는 숫자를 확인한 강혁

은 우선 시선을 거두고는 선택형 보상창에서 '회복력2'를 선택했다.

피부 강화 쪽도 끌리지 않는 건 아니었지만, 어차피 하나를 올려서 얻을 수 있는 효과는 미미한 수준에 불과했기 때문이다.

그럴 바에는 이미 가진 것을 업그레이드 해서 그 효과를 상승시키는 편이 이득일 것이다.

"이걸로 끝인가?"

보너스 스텟의 경우 언제라도 투자할 수 있을 테니 일단은 묵어둔 채로 메시지 박스로부터 물러났다.

모든 준비가 끝났다는 나름의 제스처.

그것을 알아들었는지 곧장 경고가 들리며 눈앞에 붉게 흐려지기 시작했다.

[3초 내로 시나리오가 진행됩니다.]

[3… 2… 1….]

그리고 이내.

강혁은 균형 감각이 일시에 어그러지는 듯한 느낌과 함께 일순 정신을 잃었다.

땅바닥이 흐물거리며 누군가가 발목을 잡아당기는 듯한 감각이 전해져 온다. 마치 늪에 빠지기라도 한 것처럼 서서히 잠식되어가고 있었던 것이다.

"…으으음!"

막연하게 차오르는 불안감에 강혁은 비명을 지르려 했지

15

만 그것은 단지 억눌린 신음으로만 새어나올 뿐이었다.

바로 그때.

"!"

어둠의 늪으로부터 발목을 잡아챈 힘이 급격히 강해지며 강혁의 몸을 잡아당겨왔다.

짧은 부유감과 함께 급격히 가라앉는 신체.

그리고 시커먼 어둠이 눈앞으로 차오른다.

깊숙한 심해 속에 홀로 버려지기라도 한 것처럼, 강혁은 한없이 막막하면서도 두려운 기분이 차오르는 듯한 기분에 점철되었다.

"컥…."

그리고 동시에 숨을 쉴 수 없다는 것을 깨닫는다.

그에 저도 모르게 목을 향해 손을 가져갔을 때였다.

"흐어어억!"

토해내는 듯한 신음과 함께 강혁은 다급히 일어나 앉았다.

동시에 화아악 하고 밝아져오는 시야.

"허억… 헉…."

거친 숨을 몰아쉬며 돌아본 전경은 역시나 알고 있을 리 없는, 생소한 느낌이 드는 방안이었다.

"……"

지독한 악몽에 깨어난 날의 새벽이 되기라도 한 것처럼.

강혁은 등이 축축해진 채로 모르는 장소의 침대에서 눈을 뜨고 있었던 것이다.

순간, 탁 하고 힘이 풀려오는 느낌에 강혁은 다시 침대 위로 드러누우며 나지막이 욕설을 머금었다.

"…씨발."

❖

침대를 벗어난 것은 그로부터 5분은 더 지난 뒤였다.

완전하게 처져버린 몸으로 활기를 불어넣는 것은 생각보다 쉬운 일이 아니었기 때문이었다.

다행이라고 해야 할지, 돌입 직후 바로 뭔가 일이 벌어지던 여태까지의 경우와는 달리 이번에는 꽤나 여유가 있는 편이었다.

'적어도 아직까지는 메시지창이 떠오르질 않았으니까.'

메시지창이 떠오른다는 것은 곧 고난이 시작된다는 것을 뜻했다. 그러니까 반대로 말하면 메시지창이 떠오르지만 않으면 그 동안은 일단 안전하다고 볼 수 있는 것이다.

'어디까지나 가정일 뿐이지만.'

"후우, 그나저나… 여긴 어디지?"

대체적으로 음습하기 그지없던 이전의 시나리오들과는 달리 이번의 시작지점은 꽤나 밝고 깔끔한 이미지를 하고 있었다.

'마치 어딘가의 사장실 같은 모습이군.'

10평 남짓의 방안은 정말이지 어딘가의 사장실을 옮겨

놓은 듯한 모습을 하고 있었다.

다만 다른 점이 있다면 사장 집무실로 보이는 책상의 옆으로 한 사람만이 누울 수 있는 싱글 사이즈의 고급스러운 침대로 따로 비치되어 있다는 정도.

그나마도 일중독자인 사장의 집무실이라는 느낌으로 생각해보면 딱 들어맞는 이미지였다.

혹시나 뭔가 숨겨진 것이 없나 주변을 찬찬히 둘러보던 강혁은 이내 수색을 마치고는 다시 본래의 자리로 돌아왔다.

'별 건 없군.'

방안에는 정말 아무것도 참고할 만한 것이 없었다.

책상이나 장식장의 서랍들을 열어봐도 보이는 거라고는 미세하게 내려앉은 먼지 뿐.

"그럼….."

이제 남은 건 역시 저 문으로 나가는 것뿐이겠지?

강혁은 굳게 닫힌 검은색의 나무문을 향해 다가갔다.

찰칵―

"음?"

문은 잠겨 있었다.

그제야 시선을 내려 확인 하니 열쇠 구멍이 안쪽으로 나 있는 손잡이의 모습이 보였다.

'사장실이 아니라 감옥이었나.'

강혁은 새로운 정보를 머릿속에 갱신하며 손잡이를 다시 움켜쥐었다.

'일단 여길 나가야만 하는 모양인데… 어떻게 한다?'

머릿속으로 여러 가지 방법들이 떠오른다.

하지만 생각이 확장되어가기도 전에, 강혁은 곧장 문으로부터 떨어져 나와야만 했다.

[시험: 순발력 테스트]

-지금 당장 숨으세요.

-제한시간은 3초입니다. 시간 내에 숨지 못하면 끔찍한 일을 당하게 될지 모르니 서두르는 것이 좋습니다.

(조언: 등잔 밑이 어둡다.)

빌어먹을 메시지창이 드디어 떠올랐기 때문이었다.

심지어 제한시간은 고작 3초.

[남은 시간: 2초….]

급격하게 줄어드는 카운트를 보며 강혁은 즉시 돌아서서 책상 쪽을 향해 뛰어갔다.

불과 방금 전까지 방안을 뒤져봤던 기억들을 아무리 되새겨 봐도 숨을 수 있을만한 장소는 단 한군데 밖에는 없었기 때문이었다.

'책상 밑!'

아크로바틱을 하듯 책상 위로 몸을 굴린 강혁은 그대로 아래로 떨어져 의자를 밀고 책상의 아래로 들어갔다. 그리고는 즉시 밀어냈던 의자를 원상복귀 시켜 앞을 틀어막는 것이다.

숨바꼭질을 하는 어린애들조차도 고르지 않을 것 같은 얄팍한 은신 장소였지만 선택의 여지가 없었다.

한순간의 머뭇거림이 곧 죽음으로 이어지게 될지도 모르니까 말이다.

[남은 시간: 1초….]

의자를 끌어당기는 것과 동시에 카운트가 0을 가리킨다.

그리고 바로 다음 순간이었다.

끼아아아아-!

마치 익룡의 울음소리와도 같은 포효가 귓청을 울렸다.

쨍그랑-

투콰카카카-

동시에 폭탄이라도 맞은 것처럼 한쪽 벽면에 통째로 터져 나갔다.

부서진 유리창과 쪼개진 콘트리트 조각들이 크레모어처럼 비산하며 방안 전체를 휩쓴다. 만약 문 앞에 계속 서있었더라면 필시 저기에 휘말려 잘 다져진 고깃덩이처럼 되고 말았을 터.

강혁은 간담이 서늘해지는 것을 느끼며 가빠지려는 호흡을 삼켰다.

무언가 이질적이면서 흉포한 존재감이 무너진 벽 쪽으로부터 다가서고 있었기 때문이었다.

쉬이이잇-

콰각-

바람이 스치는 소리가 들라며 무언가의 존재가 날아 들어와 방안으로 내려섰다.

터져나간 벽면은 밖이 있는 쪽.

의자 사이로 보이는 뚫린 벽면 너머의 전경은 유리가 반사되어 보이는 빌딩뿐이었으니, 방안으로 들어선 존재는 최소한 하늘을 날 수 있고, 콘크리트 벽 정도는 가볍게 깨부술 수 있는 존재라는 뜻이었다.

'걸리면 끝이다!'

강혁은 숨을 죽이고 기척마저 죽였다.

그와 동시에,

끼르르르…

무언가의 울음소리와 함께 후욱 하고 뜨거운 열기가 끼쳐 들어온다.

"……!"

쿵, 쿵, 쿵-

방 안을 걸어다는 무언가의 발소리가 마치 심장소리라도 된 것처럼 크게 두방망이질 친다.

콰앙-

콰르르르-

쿵쾅되는 심장소리의 위로 무언가를 찾기라도 하는 것처럼 괴물이 방안을 마구 부수고 헤집어 놓는 듯한 소리가 들려온다.

'젠장, 어째 불안하더라니….'

돌연 카론의 호의가 떠올랐다.

인간이 아닌 것들을 상대하는 방법.

그것에 대해서 충분히 연습하고 대비하기도 전에 '괴물'은 그 모습을 드러내고 말았던 것이다.

살인마들과는 달리 죽일 수도 있지만, 개체에 따라서는 살인마들과는 비교도 할 수 없을 만큼 위험한 존재들.

적어도 지금의 강혁에게 있어서 그런 괴물들과 싸워 이길 수 있는 방법 같은 것이 있을 리는 없었다.

최소한 기본적인 무기라도 있어야 할 것이 아닌가!

지금은 그저 숨을 죽인 채 빨리 괴물이 사라지기만을 기도하는 수밖에 없었다.

'제기랄!'

그런 강혁의 기도가 듣기라도 한 걸까?

한참 방안을 헤집던 괴물은 마음에 들지 않는다는 듯 울어대는가 싶더니 이내 돌아서서 뚫려진 벽면을 향해 다가섰다.

계란이 썩는 듯한 유황냄새와 함께 다시 한 번 후욱 하고 뜨거운 열기가 끼쳐 들어온다.

그리고 이내,

끼아아아아―!

괴물은 포효를 내지르며 바닥을 박차며 하늘로 뛰어올랐다.

곧 펄럭하고 날개 짓을 하는 소리가 들리며, 괴물의 존재 감이 빠르게 멀어졌다.

"……."

강혁은 괴물이 사라지고 나서도 족히 5분은 더 지나서야 겨우 의자를 밀치고 책상 밑을 빠져나올 수 있었다.

욕설을 삼키며 방 안의 전경을 둘러보자 과연 폭격이라 도 당한 듯 엉망진창이 된 모습이 보인다.

벽장이나 장식품들은 부서진 벽면과 함께 온통 무너져 내려 있었으며, 바닥을 비롯한 벽면 곳곳이 금이 가거나 아 예 박살이 나서 크고 작은 구멍들이 만들어져 있다.

"하아… 망할!"

의식적으로 문 쪽을 쳐다본 강혁은 곧 욕설을 머금을 수 밖에 없었다.

굳게 잠겨 있던 문이 있던 위치에는 뻥 뚫린 공간만이 자 리하고 있었기 때문이었다.

'결국 괴물의 등장은 이벤트 같은 거로군.'

아주 그냥 이가 갈리는 이벤트였다.

강혁은 연신 욕설을 머금으면서 마침내 열려진 통로를 향해 다가갔다.

"……."

돌무더기의 잔해와 함께 뜯겨져 나간 문짝을 밟고서 통 로로 들어서자 어두컴컴한 복도가 길게 이어져 있는 모습 이 보인다.

바로 그때.

[시험2: 상황 파악]
-무너진 벽면으로 다가가 바깥의 전경을 확인하세요.
-제한시간은 없습니다.

(조언: 때로는 공포를 정면으로 마주해야만 할 때도 있는
법이다.)

두 번째의 메시지창이 떠올랐다.

"…저 밖을 확인하라고?"

메시지창을 확인한 강혁은 고개를 돌려 뻥 뚫려있는 벽
면을 쳐다봤다.

괴물이 박살내며 들어왔던 장소.

꺼림칙하기 그지없는 장소다.

'하긴… 꺼림칙한 거야 이쪽도 마찬가지니까.'

한쪽은 시커먼 복도, 한쪽은 괴물이 나타났던 구멍이라
니… 지독히도 가학적인 선택지였다.

"후우."

잠시 생각을 하던 강혁은 곧 한숨을 내쉬며 뻥 뚫린 벽
쪽으로 향했다.

일단 시험의 내용으로 뜬 이상 결국에는 이행할 수밖에
는 없는 것이다.

문득 저 단계를 행하지 않고 곧장 복도 쪽으로 향하면 어떻게 될까 하는 생각이 머리를 스쳤지만, 강혁은 금세 그 생각을 지워버렸다.

'호기심을 풀자고 목숨을 건 도박을 할 수는 없으니까.'

강혁을 고개를 절레절레 흔들며 발걸음을 내딛었다.

부서진 잔해들이 발걸음을 어지럽게 만들었지만 벽면으로 다가서는데 어려움은 없었다.

"…이제 이 밖을 보면 된다 이거지."

뻥 뚫린 벽면의 앞에선 강혁은 그대로 숨을 골랐다.

하지만 강혁은 좀처럼 고개를 밖으로 내밀 수가 없었다.

때로는 공포를 정면으로 마주해야만 할 때도 있는 법이라는 시험의 조언이 자꾸만 신경이 쓰였기 때문이었다.

'그러니까… 이 너머에 공포라는 게 있는 거겠지? 또 갑자기 괴물 같은 게 나타나는 건가? 아니면……'

자꾸만 생각이 복잡해진다.

하지만 계속 이렇게 시간만 낭비하고 있을 수는 없는 노릇.

강혁은 이를 악물며 마음을 다잡았다.

"후우… 제길."

그리고는 벽면의 옆으로 몸을 잔뜩 밀착시키며 조심스럽게 그 밖을 향해 고개를 내밀었을 때였다.

"…헉!"

강혁은 저도 모르게 신음을 토하고 말았다.

말 그대로의 공포가 눈앞으로 펼쳐져 있었기 때문이었다.

"…이건!"

눈앞에 보여지고 있는 것은 지난번의 시나리오에서 정신을 잃기 전 어렴풋이나마 볼 수 있었던 망가진 도시였다.

마치 핵전쟁이라도 터진 것처럼 여기저기 온통 부서진 건물들이 그 흉측한 몰골을 드러내며 위태롭게 서있었으며, 하늘로는 원인을 알 수 없는 잿가루 같은 것이 떠다닌다.

더 공포스러운 것은 바로 그 잿가루를 비추는 하늘이었다.

온통 붉은빛을 띠고 있는 하늘. 그것은 결코 석양이 물들어가는 광경 같은 것이 아니었다.

하늘을 물들이고 있는 것은 다름 아닌 태양이었다.

기존의 것이 아닌, 핏빛과도 같은 붉은색을 띠고 있으면서도 그 테두리로 검은색의 운무 같은 것을 감고 있는 태양.

태양은 그 아래에 비치는 모든 것을 비추고 있음에도 불구하고 어떠한 빛도 내뿜고 있는 않는 것처럼 어두운 색채를 하고 있었다.

정말이지 기분 나쁜 느낌이 드는 광경.

하지만 강혁이 놀란 것은 태양의 모습 때문만은 아니었다.

'…미친!'

검붉은 태양이 비추고 있는 하늘의 아래.

정확히는 빌딩의 아래쪽으로 비치는 전경들이 문제였다.

건물들과 마찬가지로 온통 부서지고 갈라진 흔적들이 가득한 지면으로는 그 수를 헤아리는 것조차 무용해질 정도로 많은 수의 괴물들이 떠돌아다니고 있었던 것이다.

언제가 본 적이 있던 아귀 괴물부터, 그 아귀에게 물린 사람들이 변해서 만들어진 칼날손톱의 괴물.

일반적인 짐승의 모습을 끔찍하게 뒤틀어 놓은 것 같은 모습의 괴물들이나 그 크기가 10미터는 되어 보이는 크기를 지닌 거구의 괴물들까지.

지면에는 상상 속에서만 볼 수 있을 거라 여겨졌던, 아니 상상 속에서조차 떠올릴 수 없었던 끔찍한 존재들이 가득 점거하고 있었다.

'이래서 공포를 마주하라고 했던 건가.'

강혁은 쓴웃음을 머금었다.

비록 순간이지만 정말로 등골이 서늘해져왔던 것이다.

"......."

보는 것만으로도 숨이 막혀올 것만 같은 전경에 압도되어 있던 강혁은 한참이 지나서야 겨우 벽면에서 떨어져 나왔다.

"후… 제길!"

단지 외부의 모습을 본 것뿐인데 온 심력이 다 소모된 것 같은 느낌이다.

'망해버린 도시라니… 정말이지 꿈도 희망도 없군.'

"일단 저 밖으로 나가는 게 자살행위라는 건 알겠어."

고개를 절레절레 흔들며 암담한 감상을 머금는다.

그렇게 천천히 벽면으로부터 물러서고 있을 때였다.

[띠링! 업적 '죽은 태양이 비추는 세계' 를 달성하셨습니다. 업적 달성의 보상으로 '무기 소환 및 해제' 의 기능이 오픈되었습니다.]

"음?"

돌연 업적이 달성되며 새로운 기능이 추가되었다.

하지만 그것들을 확인해보기도 전에 강혁은 새로운 메시지창을 마주해야만 했다.

[시험3: 준비 단계]

-지옥을 마주할 준비를 하세요.

-마음에 준비가 됐다면 복도 끝에 위치한 엘리베이터에 탑승해주세요.

-제한시간 5분.

(조언: 시공 상점을 이용하면 무기를 비롯한 여러 가지 아이템들을 구입할 수 있습니다.)

3번째 시험의 내용은 마음의 준비를 하라는 것이었다.

하지만 정말로는 주어진 시간동안 제대로 사태파악을 하라는 뜻이겠지.

[제한 시간: 4분 59초….]

여지없이 줄어들고 있는 카운트가 보인다.

유례없이 여유로운 시간이었다.

'그래서 더 불안하지만.'

카운트에서 시선을 때어난 강혁은 잠시 고민하다가 곧장 시공 상점을 열었다. 그러자 넓은 사각형의 창이 펼쳐지며 그 안으로 마치 게임의 경매장과 비슷한 형태의 탭이 비추어 진다.

무기, 방어구, 생존용품, 스킬을 비롯한 다양한 카테고리들이 탭의 좌측으로 떠올라 있었다.

강혁은 곧장 무기 탭을 선택해 검색 버튼을 클릭했다.

조언에서 무기를 구하고 했기 때문도 있었지만, 그보다는 다른 것들을 다 돌아보긴 힘들만큼 가진 돈이 많지 않기 때문이었다.

시공 상점 창의 좌측 상단에 떠올라 있는 500의 수치.

그 위로는 〈시공의 주화〉라는 글씨가 적혀 있었다.

'고작 500주화로 구할 수 있는 건 무기나 혹은 방어구 부위 하나 정도일 테니까.'

어디까지나 가정일 뿐이었지만, 강혁은 왠지 그 가설이 맞을 거라는 예감이 들었다.

그리고 검색이 완료되며 구입할 수 있는 무기의 목록들이 스크롤을 밀어내며 우측의 빈칸을 채우고 주루룩 나타나기 시작했다.

"…역시나."

예상대로 시공 상점의 가격대는 결코 만만하지 않았다.

단검으로부터 시작되는 무기의 가격대가 200주화로부터 시작되고 있었기 때문이었다.

무기의 길이가 길어지거나 그 기능이 다양해지고 강력해지면 질수록 가격은 기하급수적으로 늘어나고 있었다.

참고로 강혁에게도 익숙한 K-2소총의 경우는 그 가격이 무려 9900주화!

지금으로써는 도저히 노려볼 수 없는 금액이었다.

결국 구입할 수 있는 것은 초기에 튜토리얼처럼 얻은 적이 있던 기본 무기와 비슷한 단계의 무기들뿐이었다.

'그럼… 이번에도 창인가?'

기능적인 면이나 익숙함의 측면에서도 창은 꽤나 좋은 선택지였다. 하지만 이내 강혁은 고개를 흔들었다.

'아니지. 좁은 곳에서는 의외로 좋지 않을 수도 있어.'

시커먼 복도의 좁은 길목과 건물 내에서 벌어지는 상황들을 유추해보던 강혁은 고심 끝에 300주화짜리 정글도와 200주화짜리 단검까지 총 2개의 무기를 구입했다.

정글도의 경우 비록 그 길이는 짧지만 튼튼하면서도 빠르게 휘둘러낼 수 있는 만능 무기였으며, 단검의 경우는 염력 스킬을 활용하기 위해서였다.

"읏!"

무기의 구입 완료 버튼을 누르자마자 정글도와 단검이 허공에 즉시 생성되며 떨어져 내리듯 손아귀에 저절로 쥐어졌다.

"…이런 거군."

무기를 쥐자마자 강혁은 '무기 소환 및 해제'가 무엇인지 알 수 있었다.

[사용하는 무기로 등록하시겠습니까? (YES or NO)]

정글도와 단검의 위로 희미하게 떠올라 있는 글귀.

강혁은 곧장 그것들을 등록했다.

그리고….

"해제."

명령어를 내뱉자마자 곧장 손아귀에 쥐어져 있던 무기들이 거짓말처럼 사라졌다.

"소환."

손을 뻗으며 명령어를 내뱉자 마치 원래 그랬던 것처럼 정글도와 단검이 손아귀에 쥐어져 있다.

만족스럽게 고개를 끄덕인 강혁은 다시 무기를 해제하고 이번에는 정글도만을 떠올리며 무기를 소환했다.

"오!"

비어있던 손아귀에는 오로지 정글도만이 들려 있었다.

강혁은 그런식으로 소환과 해제를 반복하며 몇 가지의

테스트를 더 해보고 나서야 만족스럽게 고개를 끄덕였다.

"흠. 무기는 이 정도면 됐고. 다른 것들은 어떤지 한번 확인이나 해볼까?"

아직도 시간은 3분이 넘게 남았으니까.

그런 생각으로 곧장 스킬 관련 탭을 눌러 검색을 진행한 강혁은 한숨을 내쉴 수밖에 없었다.

"…역시 비싸네."

가장 낮은 등급인 F등급의 스킬부터가 기본 1000주화부터 시작하고 있었기 때문이었다.

그렇게 생각해보면 지난번 시나리오 1의 보상으로 받았던 D등급 랜덤 스킬북은 과연 SSS등급에 어울리는 대단한 보상이었다.

혹시나 해서 염력을 검색해봤지만 상점에 모든 스킬들이 다 있는 것은 아닌지 D등급 스킬 모두를 뒤져도 염력과 관련된 것은 없었다.

"남은 시간은… 아직도 2분이나 남았나."

지금의 상황에서 확인하고 준비할 수 있는 것은 다 해봤지만 아직도 시간은 여유가 있었다.

2분이라면 가만히 앉아서 가벼운 명상을 할 시간 정도는 될 터.

하지만 강혁은 곧장 잡념을 털고는 시커먼 복도를 걸어가 그 끝에 위치한 엘리베이터의 앞에 섰다.

"디자인 참 죽여주네."

엘리베이터의의 문은 현대와 과거의 감성이 묘하게 뒤섞여 있는 앤티크한 느낌의 디자인으로 이루어져 있었다.

특히나 층수를 표시하는 칸이 전자식이 아니라 아날로그식으로 되어있다는 점에서 더더욱 그런 느낌이 들었다.

"기분 나쁘기도 하고."

층수 표시 칸의 위로 금방이라도 튀어나올 것처럼 생생하게 양각되어진 염소머리 악마의 얼굴을 본 강혁은 낮게 혀를 차며 버튼을 눌렀다.

그러자 띠잉! 하는 소리와 함께 곧장 열려지는 문.

동시에 비어있는 층수 칸의 위로 '27'이라는 숫자가 새겨진다.

'27층이었군.'

새로운 정보를 새기며 엘리베이터의 내부로 들어서자 뭔가 묘하게 무거운 공기가 어깨를 짓눌러온다.

강혁은 애써 어깨를 펴고 크게 심호흡을 하며 긴장감을 밀어냈다.

그리고는 주루룩 늘어선 숫자들의 아래로 위치한 닫힘 버튼을 눌렀을 때였다.

[시험4: 스스로의 증명]

-층수를 선택하세요. 한 번에 최대 10층까지 내려갈 수 있습니다.

-이동한 층수가 많을수록 마주하게 되는 지옥의 난이도가

늘어나게 되니 주의하는 편이 좋습니다.

－제한 시간: 5초.

(조언: 네 자신을 알라!)

"망할!"

강혁은 자신도 모르게 욕설을 머금고 말았다.

워낙에 준비단계가 세밀해서 뭔가 있을 거라 생각하긴 했지만 이런 식이라니!

사실 개념은 무척이나 간단한 것이었다.

위험하다고 생각하면 1층씩만 내려가면서 간을 보고, 자신이 있다면 단번에 10층씩 내려가보라는 뜻.

말 그대로 스스로에 대한 증명이었다.

자신이 있고 그것을 증명할 실력만 있다면 얼마든지 도전해보라는 것 아닌가.

사실 뭣도 모르고 그저 마주하게 되는 지옥을 어떻게든 극복해야만 했던 지난번들의 경우와 비교하면 무척이나 합리적인 방식이었다.

다만 짜증이 나는 점은 이동한 층수에 따라 늘어나는 난이도에 대해 어떠한 정보도 없다는 것과 선택을 하는데 주어진 시간이 겨우 5초에 불과하다는 점이었다.

[제한 시간: 3초….]

욕설을 머금는 사이 시간은 빠르게 줄어 어느새 3초를

가리키고 있었다.

고민을 해볼 틈도 없이 선택의 순간이 다가오고 있었던 것이다.

"큭!"

급격히 조여드는 다급함에 강혁은 뭔가 더 생각을 해볼 틈도 없이 곧장 버튼을 누르고 말았다.

딸칵—

손끝에 닿아 눌려진 버튼의 숫자는 20.

단번에 7층이나 내려가는 길을 택한 것이다.

별다른 이유가 있었던 것은 아니었다.

다급한 와중에 하필이면 가장 눈에 띄는 위치에 가장 손이 가까운 거리에 있던 버튼이 20이었을 뿐.

"아… 제기랄!"

뒤늦게야 선택된 버튼을 보고 또다시 욕설을 머금는 강혁이었지만 재선택의 여지가 주어질 리는 없었다.

이미 1초까지 갔던 제한 시간의 카운트는 공기 속에 녹아들듯 희미해지며 사라진 뒤였으며, 27에 멎어있던 숫자는 서서히 아래를 향해 그 번호를 줄여가고 있었기 때문이었다.

'하아… 망했군.'

그만 힘이 빠져버린 강혁은 뒤로 물러나 엘리베이터의 벽에 기댄 채로 길게 한숨을 내쉬었다.

머릿속으로 상상할 수 있는 지옥의 온갖 모습들이 다 떠오른다.

'지난번이 그 지옥이었으니… 이번에는 정말로 악마라도 나오는 게 아닐까.'

물론 무력했던 그때와는 달리 지금은 나름대로 무기까지 갖춘 상황이었지만 인외의 괴물들을 상대로 승산을 거둘 수 있을 것인가에 대해 생각을 해보면 역시나 자신은 없었다.

"…그렇다고 해서 맥없이 당해줄 생각은 없지만."

잠시나마 암담한 기분이 사로잡혀 있던 강혁은 이를 악물며 마음을 다잡았다.

이런 곳에서 허망하게 죽고 싶지는 않으니까.

'절대로….'

"절대로 살아남아 주겠어."

각오를 다지는 사이 층수는 어느새 20층으로 도달해 있었다.

띠잉!

경쾌한 소리가 울리며 엘리베이터가 멈추고, 금빛의 문이 좌우로 서서히 벌어지며 열려졌다.

엘리베이터와 닿아있는 장소는 들어왔던 것과 마찬가지로 어둠이 휩싸여 있는 좁은 복도의 길목.

"…이제 내리면 되는 거겠지."

막상 현장에 도착하자 긴장감이 폭발적으로 치솟아 오른다.

강혁은 다시 심호흡을 해 긴장을 최대한 억누르며 엘리베이터의 밖으로 발걸음을 내딛었다.

"……"

혹시나 해서 주변을 빠짐없이 둘러보며 무기까지 소환해 뒀지만 복도에 들어서는 것만으로는 아무런 일도 발생하지 않았다.

엘리베이터 안쪽에서 비추어진 흰색의 형광등 불빛이 어두운 복도의 일면이나마 밝히며 나아갈 길을 알려준다.

'…지옥의 시작은 이 복도를 지나고 나서부터라는 건가.'

누가 알려주지도 않았는데 스스로 납득한 강혁은 적당한 긴장감을 유지하며 천천히 복도를 따라 걸었다.

얼마 걷지도 않아 강혁은 복도의 끝과 연결이 된 문을 발견할 수 있었다.

"후우."

괜히 숨을 크게 내쉬며 손잡이에 손을 얹자 긴장감과 두려움이 다시금 밀려온다.

하지만 강혁은 애써 가슴을 진정시키고는 손잡이를 쥔 손에 힘을 더했다.

'살아남는다! 반드시!'

그리고는 다시금 각오를 다지며 손잡이를 비틀었을 때였다.

찰칵―

경쾌한 소리와 함께 문의 잠금이 풀린다.

그와 동시에 저절로 안쪽을 향해 당겨지는 문.

"엇!"

거기에 휘말려 저도 모르게 손잡이를 쥔 채 안으로 밀려 들어가고만 강혁은 경호성과 함께 재빨리 손잡이를 놓고서 흐트러진 몸의 균형을 되돌렸다.

언제든지 손에 쥐고 있던 정글도를 휘두를 수 있는 준비를 하면서.

"……?"

그러나 강혁에게는 아무런 일도 발생하지 않았다.

찾아오는 것은 도서관에라도 들어선 것처럼 조용한 와중에 올리는 생활 소음 정도 뿐.

강혁은 긴장해 들어 올렸던 어깨를 살짝 가라앉혔다. 그리고는 빛을 마주해 살짝 흐려졌던 시야를 회복해 주변을 둘러보았을 때였다.

"…응?"

강혁은 얼빠진 소리를 토할 수밖에 없었다.

상상해왔던 수많은 끔찍한 광경들과는 달리 눈앞에 비추어진 공간은 차분한 느낌이 감도는 호텔 로비의 모습을 하고 있었기 때문이었다.

그것도 현대식의 호텔이 아닌, 1800년대 후반기를 배경을 하는 영화에서나 볼 수 있을 법한 고풍스러우면서도 고급스러운 느낌이 드는 호텔이었다.

어딜 봐도 지옥의 전경과는 어울리지 않는 분위기.

심지어 로비의 곳곳에는 의자에 앉아 신문을 읽거나

기둥에 등을 기대어 서서 시계를 확인하고 있는 등 다양한 사람들이 저마다의 모습으로 자리하고 있었다.

"이건 대체…!"

어딜 봐도 전혀 위험한 느낌은 들지 않는다.

그에 혼란스러워하면서도 천천히 주변을 경계해 나가고 있을 때였다.

"!"

마치 약속이라도 한 것처럼.

각자의 일에 몰두하고 있던 사람들의 시선들이 동시에 강혁에게로 집중되었다.

흠칫! 하고 피부가 따끔해져 올만큼 서늘한 시선들이 꽂혀들어온다.

금방이라도 달려들어 올 것만 같은 위기감이 발끝을 타고 무겁게 차올랐다.

"……?"

그러나 아무리 기다려도 사람들은 별다른 행동을 보이지 않았다.

그저 쳐다보고 있기만 할 뿐.

'음? 잠깐만….'

이내 강혁은 사람들의 시선으로부터 무언가 이질적인 느낌을 발견할 수 있었다. 바라보든 사람들의 눈동자 속으로 하나 같이 초점이 보이질 않았던 것이다.

사람들은 마치 시체처럼 텅 빈 눈을 한 채로 강혁을 그저 쳐다보기만 하고 있었다.

'기분 나쁜 느낌이군.'

본래 시선이 가진 힘은 생각보다 대단하다.

누구라도 길을 걷다가 저도 모르게 타인의 시선을 의식하게 된 적이 한 번 정도는 있을 것이 아닌가.

하물며 우연찮게 지나치는 누군가의 시선조차도 그렇게 의식이 되기 마련인데…….

'머리털이 곤두서는 느낌이야.'

이렇게나 노골적으로 시선이 집중되어서야 모를 리가 없는 것이다. 마치 동물원의 우리 속에 갇힌 짐승이라도 된 것 같은 기분이었다.

"후우."

한숨으로 다가드는 불쾌감을 애써 털어낸 강혁은 천천히 발걸음을 옮기며 계속해서 경계의 시선들을 던졌지만, 사람들은 여전히 초점 없는 시선으로 그를 쳐다보기만 할 뿐이었다.

하지만 단지 그것만으로도 강혁은 금방이라도 등뒤로 비수가 박혀들 것만 같은 섬뜩한 감각에 사로잡혀야 했다.

애써 긴장을 털어내며 홀을 가로지른 강혁은 중앙에 선 채로 호텔의 내부를 좀 더 자세히 둘러보았다.

여전히 새로운 메시지는 떠오르지 않고 있었기 때문이었다.

'…이제 뭘 어쩌라는 거냐.'

그렇게 불만을 곱씹으며 주변을 좀 더 찬찬히 뜯어보고 있을 때였다.

"…음?"

카운터 쪽을 바라보다가 우연찮게 마주친 시선.

중요한 것은 시선이 마주쳤다는 점이었다.

'저 사람이 키워드일지도 모르겠군.'

카운터에 곧은 자세로 서있는 수수한 인상의 여직원은 주변에 있는 다른 사람들과는 달리 유일하게 눈동자 속에 초점이 살아있었다.

재차 시선이 마주치자 가볍게 눈인사까지 해오는 그녀의 모습에 강혁은 곧장 카운터 쪽으로 발걸음을 향했다.

"어서 오십시오. 무엇을 도와드릴까요?"

가까이 다가서자 여직원이 상업용 미소를 만면가득 머금으며 살갑게 인사를 건네 온다. 그에 강혁은 잠시 무슨 대답을 해야 할 지 고민했지만 이내 빠르게 생각을 정하고는 입을 열었다.

"다른 게 아니라 뭐 여쭤볼게 있어서요."

"네. 무엇이 궁금하시죠?"

여전히 친절하게 답하는 여직원의 모습에 강혁은 곧장 말했다.

"혹시 여기에 뭔가 이상한 일 같은 게 발생하진 않았나요?"

"…이상한 일이요?"

41

여직원은 언뜻 질문을 이해할 수 없다는 듯 고개를 갸웃거리는 모습이었다.

이미 등 뒤에서 계속해서 시선을 쏘아오는 사람들의 태도부터가 이상한 것 투성이였지만 강혁은 애써 말하지 않고는 재차 물었다.

"뭔가 끔찍한 일이라도 발생했다던가… 아니면 기괴한 일에 대한 것들 말이에요."

"아… 저희 호텔에서는 절대로 그런 일이 발생하지 않는답니다."

듣기에 따라서 화를 내거나 어이없다는 표정이라도 지을 법한데 여직원은 여전히 백만 불짜리의 상업용 미소를 머금은 채 친절히 답해주었다.

그리고는 이내 정중한 목소리로 물어오는 것이다.

"혹시 이름이 어떻게 되시나요?"

"제 이름이요?"

강혁은 잠시 고민하다가 이내 순순히 이름을 알려주었다.

"강혁이라고 합니다."

"강혁… 강혁. 아! 여기 있네요. 308호에 예약되셨네요. 308호는 저희 호텔에서 자랑하는 초 고급의 VIP룸이랍니다."

거기까지 말한 여직원은 활짝 웃으며 보이며 카운터 아래쪽에서 꺼낸 열쇠를 내밀었다.

열쇠의 끝에는 〈308〉이라는 숫자가 적힌 홀더가 매달려 있었다.

"여기 열쇠를 받으시고 곧장 우측의 엘리베이터에 탑승하시면 된답니다."

강혁은 얼떨결에 열쇠를 받아들었다.

그리고는 이내 여직원이 안내해준 엘리베이터 쪽을 향해 발걸음을 틀었다.

'이런 식으로 진행되는 건가? 그럼 이번에는 방 탈출이라도 하는 걸지도 모르겠군.'

엘리베이터 쪽으로 향하기 전에 강혁은 다시금 홀의 전경을 크게 훑었다.

기이한 느낌이 잔뜩 스며들어 있는 공간.

혹시나 해서 다른 길이 있지는 않을까 좀 더 살펴보긴 했지만 달리 길 같은 것은 보이지 않았다.

복도를 지나쳐 열고 들어온 문은 거짓말처럼 사라진 상태였으며, 호텔의 입구처럼 보이는 문은 모양만이 그럴싸하게 만들어져 있을 뿐이었기 때문이다.

호텔의 문과 연결된 곳은 벽지조차 바르지 않은 회색빛의 콘크리트 벽으로 단단히 막혀 있었다.

'선택의 여지가 없군.'

강혁은 고개를 절레절레 흔들며 홀에서 완전히 시선을 거두었다.

아직까지도 확신이라고 할만한 것은 생기지 않았지만 정

황상 308호라는 곳으로 가볼 수밖에는 없게 되었으니 우선 그 상황을 따라가볼 셈이었던 것이다.

하지만, 채 한 걸음을 떼기도 전에 강혁은 나아가던 걸음을 멈춰 세울 수밖에 없었다.

"아! 잠시만요."

축객령을 보냈던 여직원이 돌연 다시 말을 걸어왔기 때문이었다. 천천히 돌아서서 시선을 마주치자 여직원은 송구스럽다는 표정을 지으며 말했다.

"실은 제가 잘못 알려드린 부분이 있네요. 308호까지 가시려면 엘리베이터 말고 계단으로 가셔야 할 거예요. 너무나도 오랜 시간이 지나서 사실 엘리베이터는 안 움직이게 된지 꽤 됐거든요."

"네?"

강혁은 무심코 반문하며 엘리베이터 쪽을 쳐다보았다.

방금 전까지만 해도 보여 지던 엘리베이터의 모습은 훌륭한 현역의 모습을 하고 있었기 때문이었다.

'…멀쩡한데?'

엘리베이터는 여전히 깨끗하고 쌩쌩해보였다.

그에 고개를 갸웃하며 다시 여직원을 향해 고개를 돌렸을 때였다.

"!"

순간,

강혁은 등골을 타고 섬뜩한 기운이 타고 오름을 느꼈다.

방금 전까지 또렷하게 초점이 잡혀있던 여직원의 눈동자
가 어느새 텅 비어 있었던 것이다.

　그리고 이내,

　"꺼으으으윽—!

　거북한 신음소리와 함께 초점을 잃은 눈동자를 중심으로
급격히 안구 전체로 혈관이 터져나가며 핏물이 차오르기
시작한다.

　곧 붉은색으로 넘쳐나며 주루룩 하고 눈두덩을 타고 넘
치듯 흘러내리기 시작하는 핏물.

　"……!"

　그 기괴하면서도 그로테스크한 광경에 어쩔 방도를 찾지
못하고 그저 쳐다보고만 있을 때였다.

　스아아아…

　언젠가 들어본 적이 있던 불쾌한 바람소리가 귓가를 스
친다 싶은 순간!

　누군가에게 목이 졸리기라도 한 것처럼 입을 쩌억 벌리
며 혓바닥을 턱 아래까지 늘어뜨리고 있던 여직원의 얼굴
이 급격히 썩어 들어가기 시작했다.

　그와 동시에 고급스러우면서도 깔끔하던 호텔 로비의 전
경 역시도 급격히 삭아 들어가며 벽지부터 서서히 갈라지
며 무너져 내리고 있었다.

　'…젠장!'

　다급히 물러나며 주변을 돌아보자 로비 곳곳에 자리하고

있던 사람들의 모습 역시도 급격히 썩어 들어가고 있는 것이 보인다.

바로 그때.

"윽!"

강혁은 누군가가 송곳으로 머리를 헤집어내기라도 하는 것처럼 날카로운 통증이 관자놀이를 타고 파고드는 것을 느꼈다.

반사적으로 머리를 부여잡으며 비틀거린다.

그러면서도 온 정신을 집중하며 혹여나 닥쳐오게 될지도 모를 위기에 대처하고 있을 때였다.

"흐어억!"

마치 깊은 물속에서 구조되기라도 한 것처럼 강혁은 다급히 숨을 토해냈다. 지독하리만치 날카롭게 후벼파오던 통증이 돌연 사라졌기 때문이었다.

"허억… 허억…!"

올 때와 마찬가지로 통증은 갑작스럽게 사라졌다.

남은 것은 통증이 지나쳐간 흔적들 뿐.

강혁은 거칠게 숨을 토하며 흐트러진 자세를 바로 세웠다.

그리고….

"…이런 씨발."

다시 회복한 시야에 비추어진 전경은 족히 몇 백 년은 방치되어 왔던 것처럼 보이는 낡고 지저분한 폐허의 모습이었다.

벽면들은 마치 화재라도 났던 것처럼 시커멓게 그을리고 말라붙어 불규칙하게 떨어져나가 있었으며, 엘리베이터와 계단을 비롯해 로비와 연결된 곳곳이 온통 먼지와 거미줄 등으로 뒤덮여 을씨년스러운 분위기를 연출하고 있었다.

"…그래. 이제 시작이구만."

여직원도, 사람들도 모두 사라져버린 로비의 가운데서 카운터 쪽을 바라본 강혁은 이를 갈며 주먹을 움켜쥐었다.

카운터의 위쪽 벽면으로 핏물로 새겨진 글귀가 환영인사처럼 강혁을 맞아주고 있었기 때문이었다.

《살인의 성에 오신 것을 환영합니다.》

글귀를 확인함과 동시에 마침내 기다리고 기다렸던 메시지창이 눈앞으로 떠올랐다.

[시험1: 마주하기]

-308호로 이동하세요.

-어디에든 위험이 도사리고 있을 수 있으니 주의하시는 편이 좋습니다.

-제한 시간: 10분.

(조언: 어딘가에는 현 상황을 설명해줄 단서가 있을지도 모릅니다.)

시험의 내용은 예상대로 열쇠를 받아둔 308호까지로 이동하라는 것이었다. 어떤 방식을 사용하건 10분 내에 도달하기만 하면 되는 것이다.

'듣기에는 쉬워 보이지만……'

실상은 결코 만만한 이야기가 아니었다.

어디에건 위험이 도사리고 있을 수 있는 것이다.

'아마 절대로 있겠지.'

그것은 살인마일 수도 있으며, 괴물일 수도 있고, 그도 아니면 한 순간의 실수로 사람의 목숨을 앗아갈 수 있는 함정 같은 것일 수도 있었다.

어느 쪽이 나오건 결코 달갑지는 않다.

"하아…."

작게 한숨을 내쉰 강혁은 엘리베이터의 옆에 있는 비상계단의 입구를 쳐다봤다.

엘리베이터가 멎어있는 이상 비상계단이 지금으로써는 위층으로 향할 수 있는 유일한 통로였다.

하지만,

강혁은 곧장 계단으로 향하지는 않았다.

'아직 시간은 충분하니까.'

그리고 조언은 분명 뭔가의 '단서'가 숨겨져 있을지도 모른다고 했었다.

"여기 있군."

카운터 뒤쪽으로 넘어가 그 아래쪽을 뒤져보던 강혁은

어렵지 않게 원하던 것을 찾을 수 있었다.

똑같은 형태의 그림과 글귀가 인쇄된 낡은 종이 뭉치들이 카운트 한 구석에서 뿌옇게 먼지를 덮은 채로 방치되어 있었던 것이다.

〈테마 호텔 – 캐슬에 오신 것을 환영합니다. 단지 숙박을 위한 공간이 아닌, 즐기며 머물 수 있는 공간!〉
〈지금 여기서 당신의 상상력을 시험해보세요!〉

호텔을 모델로 한 것으로 보이는 건물의 사진과 그 위로 새겨진 선명한 글귀들.

그것은 다름 아닌 팜플렛이었다.

아마도 당시의 손님들을 위해 만들었을 것으로 추정되는 팜플렛 뭉치들이 뿌옇게 먼지가 쌓인 채로 방치되고 있었던 것이다.

사실 그것만 봐서는 딱히 특별한 점은 없는 모습이었다.

호텔이라고 해서 호객을 위한 팜플렛을 만들지 말라는 법은 없으니까.

하지만,

강혁은 그것만으로도 '단서'가 무엇인지 알 수 있었다.

"역시 그거였나."

사실 '살인의 성'이라는 명칭을 들었을 때부터 어느 정도 예상하긴 했었다. 이 호텔과 관련된 일은 모를래야 모를 수가 없는 유명한 사건이었으니까.

특히나 강혁의 경우는 더더욱 모를 수가 없었다.

그의 일부이기도 한 사혁.

그도 초심자였던 시절 살인마에 대해 교육을 받을 때에
가장 먼저 배웠던 것이 바로 이 호텔의 주인과 관련된 내용
이었기 때문이었다.

'…해리 하워드 홈즈.'

본명은 허먼 웹스터 머제트.

그는 미국의 역사상에 기록되는 최초의 연쇄살인범이었
다.

어릴 때부터 학대를 받으며 자라왔다고 하는 그는 뛰어
난 두뇌를 이용해 사기를 쳐서 번 돈으로 호텔을 지었다.

딱히 돈을 벌기 위해서라기보다는 은밀한 취미 생활을
즐기기 위해서였다.

살인과 해부.

그것이 그의 유일한 취미생활이었던 것이다.

실제 역사에서 허먼은 만국박람회의 시기를 노려 손님들
을 받아 살인 파티를 계획했다.

'그리고 실제로 많은 사람들이 죽었지.'

훗날 살인의 성으로 이름이 바뀌어 불리게 된 '캐슬 호
텔'은 적어도 겉으로 보기에는 추리를 하고 숨겨진 단서를
찾음에 따라 비밀 장소들을 열어보고 또 탈출의 묘미를 즐
길 수 있는 테마 호텔이었다.

최근에도 유행하고 있는 방 탈출 게임의 선구자라고도 할 수 있는 것이다.

다만, 허먼이 기획한 테마 호텔은 '가상'이 아닌 '실제'의 함정과 위험들이 가득한 장소였으며, 사람들은 쥐도 새도 모르게 허먼의 게임에 말려들어 죽어나갔다.

그렇게 해서 희생된 사람만 최소 50명 이상.

하지만 실제로는 몇 명이 더 죽었을지 모르는 일이었다.

허먼은 1895년 갑자기 발생한 화재로 인해 결국 꼬리를 잡히고 말았다.

그리고….

'죽었지.'

허먼은 그 다음해인 1896년 사형 선고를 받고 교수대에 올라 목이 조여 15분 동안이나 고통스러워 하다가 숨이 끊어졌다.

수십 명을 살해한 연쇄 살인마에게 지극히 어울리는 비참한 최후였다.

'헌데 이젠 내가 거기에 들어섰단 말이지.'

강혁은 메시지창에 쓰여 있던 '위험'이라는 것이 무엇을 의미하는지 확실하게 알 수 있었다.

'함정. 그리고 허먼 본인도 위험 요소 중에 하나겠지.'

"하아… 제기랄."

온갖 함정과 미로 기관들이 도사리고 있는 장소에서 살인마의 시선까지 피해가며 목적한 장소에 도달해야만 하다니…

정말이지 만만한 내용의 시험이 아닌 것이다.

'이래서는 10분도 빠듯하겠어. 아니, 이제는 7분 정도 군.'

팜플렛을 찾고 생각을 정리하는 동안 벌써 3분이나 되는 시간이 지나간 뒤였다.

[제한 시간: 6분 57초….]

이제는 망설이고 있을 틈 따위는 없었다.

"젠장."

강혁은 재차 욕설을 머금으며 정글도를 소환하여 들었다.

그리고는 악마의 입처럼 시커먼 구멍을 연 채 마주하고 있는 계단 통로를 향해 조심스러운 걸음을 옮겨가기 시작하는 것이다.

'다행이라고 해야 할지…….'

사혁의 기억에는 함정과 관련된 지식들도 포함되어 있었다.

함정의 흔적을 찾는 법부터 그것을 해제하는 방법들까지.

'정신만 바짝 차리면 어지간한 함정 따위는 무시할 수 있을 거야.'

강혁은 각오를 다지며 먼지와 어둠이 가득한 계단을 따라 2층으로 향했다.

삐걱, 삐거억-

뭔가 트랩 같은 것이 숨겨져 있지는 않을까 하는 예상과
는 달리 2층으로 향하는 계단은 잔뜩 낡아서 발걸음을 딛
을 때마다 비명을 질러댄다는 것만 빼면 아무런 문제가 없
었다.

하지만 강혁은 곧바로 3층으로 향할 수가 없었다.

"……."

누군가 의도적으로 행한 것처럼 무너뜨린 잔해들이 위층
으로 향하는 길목을 완전하게 가로막고 있었기 때문이었
다.

3층으로 향하려면 결국 2층의 복도를 지나쳐 반대편의
계단으로 향하는 수밖에 없었다.

"…역시 그냥은 안 된단 말이지?"

강혁은 긴장감을 돋우며 2층의 복도로 들어섰다.

어두컴컴한 복도의 좌우로 낡은 문들이 주루룩 늘어서
있는 것이 보인다.

'이번에도 함정의 흔적 같은 것은 보이지 않는 군.'

주변을 세밀히 살피며 스캔을 한 강혁은 이내 고개를 끄
덕이고는 복도를 향해 천천히 들어섰다.

바로 그때.

찰칵–

끼이이이…

주루룩 늘어서 있던 문들 중 하나가 저절로 열려지며 을
씨년스러운 소음을 남기며 천천히 열려진다.

"!"

그에 흠칫하고 놀라며 반사적으로 무기를 들어 올렸을 때였다.

"꼐르르륵…."

거북한 신음소리와 함께 열려진 문을 타고 비틀거리는 동체가 튀어나왔다.

언뜻 보기에는 수수한 드레스 차림을 하고 있는 것처럼 보이는 여성의 모습.

하지만 어둠으로 시야가 적응되어감에 따라 시간이 가면 갈수록 더 확연히 비추어져 보이는 그녀의 외형은 결코 평범하다고는 할 수 없는 모습이었다.

'…끔찍하군.'

온 몸은 부패한 채 말라비틀어져 있었으며, 얼굴은 망치로 얻어맞기라도 한 것처럼 한쪽이 크게 함몰되어 있었기 때문이었다.

"끄르르륵…."

문을 빠져나와 강혁을 인식한 '썩은 여인'은 가래가 끓는 듯한 소리를 내며 기괴한 형태로 뒤틀려 있는 팔 다리를 움직여 접근해오기 시작했다.

결코 있을 수 없는 각도의 관절들을 움직이고 있음에도 희한하게 균형을 잡으며 다가서는 몸체.

마치 구체관절 인형이라도 된 것처럼 삐꺽대며 다가드는 모습이 본래가 가진 기괴함을 한층 더 강화시켜준다.

솔직한 심정으로 말하자면 정말이지 꿈에 나올까봐 무서울 정도로 끔찍하기 그지없는 광경.

하지만,

지옥은 이제 막 시작되었을 뿐이었다.

찰칵, 찰칵, 찰칵—

끼이이, 끼이, 끼이이익—

복도로 늘어선 문들이 차례로 열리고 있었기 때문이었다.

"…씨발."

강혁은 욕설을 머금으며 비어있던 왼손으로 단검마저 소환하여 움켜쥐었다.

톱스타의 킬링필드

kill is coming

chapter 2. 무정함의 선택지

Hell is coming

chapter 2. 무정함의 선택지

"크헤에에-!"

퍼걱-

"끄르르륵-!"

푸우욱-

정글도의 날이 정수리를 쪼개며 박혀들고 단검은 섬전처럼 쏘아져 나가 눈알을 꿰뚫고 깊숙이 파고든다.

"흐읍!"

강혁은 힘을 잃고 허물어지는 시체를 그대로 걷어차며 정글도를 회수한 뒤 곧장 우측으로 휘둘렀다.

푸가각-

뜯겨지듯 절단되어 튀어 오르는 머리통.

그러나 핏물 따위는 찾아볼 수 없다.

'이건 좀비라기보다는 미라에 가깝군.'

하긴 기본적인 개념부터가 좀비나 미라나 시체라는 점은 동등했다. 좀비가 시간이 지나 더 부패하고 건조되면 미라가 되는 게 아닐까?

"퀘헤엑!"

푸극, 빠가각—

머릿속으로 쓸데없는 생각들을 늘어놓으며 강혁은 기계적으로 양손의 무기를 휘둘렀다.

정글도가 휘둘러지고, 단검이 쏘아져 들어갈 때마다 급살이라도 맞은 것처럼 경련하다가 그대로 추욱 늘어지는 시체들.

진정한 정체가 좀비인지 미라인지는 모르겠지만, 길을 막아선 존재들은 그 흉측하면서도 기괴한 몰골과는 달리 너무나도 쉽게 죽어나갔다.

일단 2미터 안쪽으로 거리가 가까워지면 급격히 속도를 높이며 달려드는 흉포함이 있기도 했지만 강혁에게는 그나마도 여전히 느릿느릿하게 느껴졌던 것이다.

뻔히 보이는 공격을 맞아줄 만큼 강혁, 아니 사혁이 지나온 세월은 만만치 않았다.

유일한 문제가 있다면 놓여진 장소가 자유로운 움직임을 보이기에는 상당히 그 폭이 제한되는 복도라는 점이었지만, 그것은 반대로 보면 장점으로 작용하기도 했다.

'한 번에 많아봤자 3마리 정도의 괴물들만 상대하면 되니까.'

강혁은 장소의 이점과 거리의 조절을 적절히 사용해서 노련하게 괴물들을 쓰러뜨려 나갔다.

혹시나 살인마들처럼 죽지 않는 존재이기라도 하면 어쩌나 싶었는데 머리를 박살내는 것만으로도 손쉽게 그 움직임을 끊어낼 수 있었던 것이다.

'이게 마지막인가.'

"후읍!"

기계적인 반복 작업으로 착실히 괴물들의 숫자를 줄이던 강혁은 복도의 끝에 비틀거리고 선 마지막의 괴물에게로 곧장 달려들어 정글도를 휘둘렀다.

"끄르르르…."

푸욱-

스커억-

가래가 끓는 소리를 내며 달려드는 괴물의 썩은 정수리를 향해 단검을 투척해 박아 넣고는 충격에 비틀대는 놈에게 곧장 정글도를 휘둘러 목을 잘라낸다.

툭, 데구르르…

썩은 살점들만을 뿌리며 튀어 오른 머리통이 잠깐의 유영시간을 거쳐 땅바닥으로 떨어져 내려 나뒹군다.

"후우… 제길."

강혁은 욕설과 함께 발치로 굴러드는 머리통을 걷어차고

는 어느새 코앞까지 다가온 반대편의 계단 입구를 쳐다봤다.

계단은 복도와 마찬가지로 어둠이 가득 들어차 있었다.

완전히 암순응을 했음에도 불구하고 실루엣만이 겨우 비추어져 보이는 광경.

'남은 시간은… 이제 3분 정도인가.'

허공에 떠오른 카운트를 통해 남은 시간을 확인한 강혁은 중간 경유라도 하는 것처럼 잠시 무기들을 해제하고 몸을 이리저리 움직이며 긴장을 풀어냈다.

그렇게 보낸 시간이 약 20여 초.

남은 시간을 생각해보면 낭비라고도 여겨질 수 있는 순간이었지만 강혁은 침착하게 몸을 추스르며 최상의 컨디션을 끌어올렸다.

'앞의 전투 리듬에 익숙해진 채로 다른 지역에 들어섰다가는 낭패를 보게 될지도 모르니까.'

본래 리듬이라는 게 그런 거였다.

왜 그래서 괴물들이 넘쳐나는 메이저리그의 강타자들도 어쩔 때는 손도 못쓰고 당하고는 하질 않는가.

'정말로 길을 막기 위해서 준비한 거라고 하기에는 너무 쉬웠으니까.'

강혁은 일말의 방심조차 지워내며 몸의 상태를 최적의 상태로 담금질했다.

"…이제 가볼까."

적당히 달아오른 몸으로 충분한 양만큼의 긴장감이 뿌리

내린 것을 확인한 강혁은 다시 무기들을 소환해내고는 천천히 3층으로 향하는 계단을 올랐다.

"……"

우려와는 달리 3층까지 가는 길에는 어떠한 함정이나 방해꾼도 존재하지 않았다.

그리고…

그것은 3층의 복도로 접어들고 나서도 마찬가지였다.

'이상하군.'

목적지인 308호는 복도로 접어들어 불과 5미터 정도만 나아가면 되는 곳에 위치하고 있었는데, 그곳까지 가는 데에 어떠한 방해도 걸려오지 않았던 것이다.

유일하게 발견한 거라고는 어린 아이도 걸려주지 않을 것처럼 조잡하게 만들어진 바닥 송곳 함정이었는데, 아마도 발바닥에 상처를 내서 기동력을 앗아가기 위한 용도로 보였다.

물론 그런 초보적인 함정 따위에 걸려줄 리는 없었다.

[제한 시간: 2분 17초….]

어느새 308호실의 문 앞까지 도착한 상태였지만 시간은 꽤나 여유가 있었다.

'혹시나 문에 함정을 둔 건가?'

그렇다면 확실히 효과적인 방법이었다.

어지간한 사람이라면 목적지의 앞에 선 것만으로도 긴장감을 풀어버리고 말테니까.

그렇게 물렁해져버린 상태에서의 사람은 생각보다 허무하게 당하고는 한다. 설령 그것이 아무리 대단한 실력을 지닌 존재라고 할지라도 말이다.

물론 강혁의 경우에는 통용되지 않는 이야기였다.

"……."

신중하게 지나온 방안에서 잘라온 천 조각을 들어 문고리에 휘감아 꼬은 강혁은 문의 옆쪽으로 비켜선 채로 그것을 잡아 비틀어 문을 열었다.

끼이이이…

낡은 문이 소름끼치는 소리를 내며 바깥으로 열려진다.

이번에도 함정 같은 것은 없이 순순하게.

"후우우…."

혹시나 또 시체 괴물 같은 거라도 나올까 싶어서 기다려봤지만 문밖을 빠져나오는 것은 갇혀있던 퀴퀴한 냄새와 함께 열려진 공간을 환하게 비추는 흰색의 빛뿐이었다.

308호실의 내부는 여태껏 지나쳐왔던 공간들과는 달리 환하게 밝혀져 있었던 것이다.

잠시 뜸을 들이며 더 신중히 상태를 살펴보던 강혁은 결국 위험요소가 없다는 판단을 내리고는 조심스럽게 308호실의 내부로 들어섰다.

"흐음."

기이하다.

2층에서처럼 그런 느낌의 기이함이 아니었다.

'너무 멀쩡해.'

방안의 전경은 너무나도 멀쩡했다.

불빛을 찾기는커녕 온통 썩거나 삭아서 무너져가는 흔적이 가득하던 다른 장소들과는 달리 308호의 내부는 지금도 영업을 하고 있는 것처럼 너무나도 깨끗했던 것이다.

끼이이이—

터엉!

순간 등 뒤로부터 문이 저절로 닫히며 커다란 소음을 일으켰다.

"!"

강혁은 흠칫 놀라며 뒤로 돌아섰다.

순식간에 퇴로가 차단되어버린 것이다.

'…뭔가 벌어진다!'

본능과도 같은 불안이 치솟아 오르는 것을 느끼며 강혁은 의식적으로 방의 한쪽 구석으로 이동해 벽을 등지며 자세를 잡았다.

무슨 일이 일어나도 곧장 대처할 수 있게.

그러나 방안에는 아무런 일도 발생하지 않았다.

"……."

처음부터 308호실은 단지 시작을 준비하기 위한 대기실에 불과한 곳이었기 때문이었다.

[시험2: 살인마의 초대]

-중앙의 테이블에 놓여진 편지를 읽으세요.

-편지에 위험요소 따위는 없지만 그것을 읽고 난 뒤에는 장담할 수 없으니 마음의 준비는 해두는 편이 좋습니다.

-제한 시간: 1분.

(조언: 그냥 읽으세요.)

새롭게 떠오른 시험의 메시지창의 내용을 보며 강혁은 작게 안도의 숨을 내쉬었다.

"…젠장."

강혁은 안도하면서도 욕설을 머금었다.

조언의 내용이 왠지 모르게 조롱을 하는 것처럼 느껴졌던 것이다. 하지만 그런 것 하나하나에 기분 나빠하고 있을 틈은 없었다.

[제한 시간: 57초….]

그 순간에도 생성된 카운트는 빠르게 줄어들고 있었기 때문이었다.

강혁은 곧장 테이블로 다가가 편지를 꺼내어 읽었다.

"……!?"

편지라기보다는 쪽지에 가까운 크기의 종잇조각.

그 안에 새겨진 글귀를 본 순간 강혁은 기가 막히다는 표정을 짓고 말았다.

적어도 뭔가 내막이나 단서 같은 것이 적혀져 있을 것이
라는 예상과는 달리 편지지에는 단 한 줄의 글귀만이 적혀
있었기 때문이었다.

−Let the game begin(게임을 시작하지).

영화 '쏘우'의 살인마 '직쏘'의 상징처럼 여겨지기도
하는 명대사였다.

단지 보는 것만으로도 앞으로 일어나게 될 일에 대한 불
안감을 자극해오는 대사.

피이잉−

'…이럴 줄 알았어!'

아니나 다를까. 돌연 눈앞이 핑 돌며 시야가 흐릿해지기
시작했다.

그리고 일순 검게 물들며 멀어져가는 감각.

"허윽!"

신음을 토하며 다시 눈을 떴을 때 비추어진 것은 여태까
지와는 또 다른 새로운 공간이었다.

"…씨발."

이제는 입버릇처럼 토해지는 욕설을 머금으며 돌아본 주
변은 단지 그것만으로도 앞으로 일어나게 될 일에 대한 심
각성이 한껏 부각시켜주는 모습을 하고 있었다.

어두컴컴할 뿐만 아니라 눅눅한 습기가 가득 들어차

있으며 뜨거운 열기까지 감돌고 있는 기분 나쁜 장소였던 것이다.

그것을 만들어내는 외형은 더욱더 기분 나빴다.

언젠가 한국의 영화채널에서 지나가듯 본적이 있던 고전 공포영화의 한 장면이 연상되는 모습이었기 때문이다.

'아마 그게 제목이… 나이트메어던가?'

프레디라는 이름의 살인마가 악몽 속에 나타나 살인을 한다는 소재의 영화 '나이트메어'에 나오는 악몽 속의 배경처럼… 눈앞에 비추어진 전경은 정말이지 음습하기 그지 없었다.

치이이익-

잔뜩 녹이 슨 배관의 뜯겨나간 구멍의 사이로 뜨거운 증기가 뿜어져 나온다.

그것을 보자마자 강혁은 곧바로 알아차릴 수 있었다.

'게임'의 참가자로서 초대되어진 그 첫 무대가 어디인지에 대해서 말이다.

'…소각장인가.'

현재 강혁이 상대하고 있는 대상은 역사적으로도 그 이름이 깊게 새겨진 미국 최초의 연쇄 살인마 허먼이었다.

그리고 그는 생전에 자신이 살인의 무대로 사용했던 호텔의 지하로 이해할 수 없을만큼 거대한 소각장을 만들어 두었었다.

'살인의 흔적들을 모두 지워버리기 위해서였지.'

별다른 과학 수사 기법 같은 것이 없던 당시의 시대상에서는 그야말로 완전범죄에 가까운 수법.

하지만 결국 그는 소각장으로부터 비롯된 화재로 인해 그 만행이 세상에 드러나고 모든 일의 파국을 맞이했다.

'대체 왜 여기로 나를 끌어들인 거지?'

저절로 떠오르는 의문.

그에 대한 해답은 바로 다음 순간 알 수 있었다.

[시험3: 살인 게임]

-당신은 자신의 의지로 살인마의 초대에 응하셨습니다.

-살아남기 위해서는 선택을 하세요. 모든 것은 오로지 당신의 의지에 달려있습니다.

-제한시간 5분.

(조언: 인간이길 버리면 새로운 길이 열릴지도 모른다.)

새로운 메시지창이 떠오름과 동시에 한줄의 선택지가 메시지창의 뒤를 이어 스르륵 떠올랐기 때문이었다.

〈살인 게임을 시작하시겠습니까? (YES or YES)〉

어느 쪽을 택해도 결국에는 YES를 고룰 수밖에 없는 기형적인 선택지가 말이다.

결국 답은 처음부터 나와있는 거나 마찬가지였다.

제한 시간이 존재하고 있는 한 강혁은 어떻게든 선택을 할 수밖에 없으니까.

'…더럽군.'

마치 버그 때문에 꼼수를 쓰지 않으면 스토리를 진행할 수 없는 쓰레기 게임을 만났을 때와 같은 기분이었다.

하지만 어쩌겠는가? 상황을 되돌릴 방법은 없고 제한 시간은 하염없이 줄어들어가고 있는데.

"…망할."

어차피 더 시간을 끌어봤자 의미 같은 게 있을 리는 없었다. 강혁은 욕설과 함께 손가락을 뻗어 선택지의 YES 버튼을 눌렀다.

그와 동시에,

기이이이잉-

좌르르르, 철컥-

발을 딛고 있던 바닥이 통째로 들려지며 어딘가로 이동이 되기 시작했다.

제대로 균형을 잡지 않으면 곧바로 넘어지고 말 것만 같이 빠르게 움직여가는 발판.

"윽!"

곧장 정면으로 향하다가 위를 거쳐 뒤쪽의 아래로 자유낙하 하듯이 떨어져 내리는 압박에 힘겹게 균형을 잡던 강혁은 이내 눈앞에 비추어지는 시야가 한결 넓어졌음을 깨달을 수 있었다.

하지만 그것이 결코 더 나은 장소라는 뜻은 아니었다.

마침내 강혁은 '살인 게임'의 첫번째 장소에 도달한 것
이기 때문이었다.

"…미친."

단숨에 주변을 둘러본 강혁은 또 한번 욕설을 머금을 수
밖에 없었다.

아까 전보다는 확실하게 '소각장'처럼 보이는 장소의
곳곳으로 말라붙은 유해의 흔적들이 적나라하게 비추어지
고 있었던 것이다.

하지만…

진정으로 욕지기가 나오는 것은 그런 사소한 흔적들 따
위가 아니었다.

"죽… 여… 줘…."

"흐으윽… 살… 려……."

"크히힛, 히히… 끅, 큭큭큭큭…."

바로 눈앞으로 비추어지는 시야의 앞으로는 처참한 광경
이 펼쳐져 있었다.

알몸으로 벗겨진 사람들이 정육점의 고기라도 된 것처럼
갈고리에 어깨가 꿰인 채 여기저기 걸려있었던 것이다.

정말로 고깃덩이라도 된 것처럼 추욱 늘어진 채 피를 흘
리며 연신 신음하고 있는 여섯 명의 사람들.

미친 사람처럼 연신 킥킥 거리고 있는 한 사람을 제외하면

모두 여성으로 이루어져 있는 사람들은 하나 같이 두려움과 고통에 잠식되어 애원하고 있었다.

죽음 혹은 삶에 대한 애원을 말이다.

그야말로 참혹하기 그지없는 광경이었다.

"…빌어먹을."

저절로 찌푸려지는 미간과 함께 시선을 돌리자 더욱더 선명히 들리는 신음만이 귓가로 파고들어온다.

그리고…

다음 순간이었다.

화르르륵―

돌연 사방의 벽면으로부터 불길이 타오르며 뜨거운 열기가 차오르기 시작했다.

화들짝 놀라며 다시 주변을 돌아보자,

『킥킥킥, 첫 번째 게임의 주제는 방 탈출입니다. 방의 어딘가에 숨겨져 있는 열쇠를 찾아 탈출해주세요. 간단하죠? 하지만 서두르는 게 좋아요. 계속해서 시간을 끌었다간 불길이 번지면서 방안의 모든 것을 태워버릴 테니까요. 주어진 시간은 고작 30초뿐이니까 서두르는 게 좋겠죠? 킥킥킥킥.』

소름끼치면서도 묘하게 친절한 느낌이 드는 목소리가 환청처럼 귓가로 파고들어온다.

『아! 하지만 다른 방법이 없는 건 아니에요. 이래봬도 전 공정한 게임을 권장하는 프로 중에 프로니까요.』

목소리는 계속해서 말했다.

『만약 시간을 늘리고 싶다면 매달려 있는 사람들 중 하나를 직접 죽이세요. 어떤 방식으로 죽이는지는 상관이 없습니다. 일단 죽이기만 하면 한 명당 무려 5분씩의 추가 시간을 계산해드릴 테니까요.』

거기까지 말한 뒤 목소리는 잠시 뜸을 들이며 즐거운 듯한 콧소리를 머금었다.

그리고는 이내,

광기어린 목소리로 속삭이듯 말하는 것이다.

『만약 모두를 다 죽이고도 탈출하지 못한다면? 걱정하지 마세요. 모두를 다 죽이는 순간 당신은 열쇠의 유무와 무관하게 탈출할 수 있게 될 테니까요. 그러니까 시간이 아깝다면 애초에 처음부터 다 죽여 버리는 것도 나쁘지 않은 선택이겠죠? 큭큭큭큭.』

비릿한 웃음소리와 함께.

화르르륵─

불길이 더욱 거세게 타오르며 그 열기가 강렬히 전해져오기 시작했다.

그와 동시에.

허공에 새겨지며 그 숫자가 줄어들기 시작하는 카운트.

[제한 시간: 29초….]

숨통을 턱 하고 막아오는 열기를 느끼며 강혁은 이를 악물었다. 그리고는 욕설과 함께 매달린 사람들을 향해 다가가는 것이다.

"…씨발."

그의 오른손에는 어느새 소환해낸 정글도가 들려 있었다.

'시간은 그리 많지 않다.'

걸음을 옮기면서도 머릿속으로 남은 시간들을 초 단위로 계산해나간다.

눈으로 확인할 수 있는 카운트 같은 것은 없었지만 상관은 없었다.

초 단위로 만들어낸 계획에 몸의 리듬을 틀어 맞추는 건 한 때 그에게 일상생활이었다고 해도 과언이 아닐 만큼 익숙한 일이니까.

중요한 것은 시간을 걱정할 여유마저 아껴서 끌어낸 이 '찰나'의 틈을 어떻게 이용할 것 인가다.

'남은 시간은 얼추 25초 정도. 아무리 조여도 기존의 시간 만에 단서를 찾는 건 무리다.'

거기까지에서 깔끔하게 결론을 내린 강혁은 우선은 킥킥대며 연신 실성한 웃음을 뱉어내고 있는 사내에게로 다가갔다.

그리고는 푸각- 단숨에 목을 베어낸다.

푸화화확-

몸통과 분리된 머리통이 튀어 오르고 그 사이로 대량의 핏물이 솟구치며 머리 위로 덮쳐왔지만 강혁은 눈 하나 까딱하지 않고 다음의 타겟으로 향했다.

안구가 적출된 듯 뻥 뚫린 눈두덩의 사이로 핏물을 흘려내며 죽여주길 애원하고 있는 여인.

이런 상황에 말할 건 아니지만 핏물에 절어있음에도 불구하고 눈에 뜨이는 백금발의 웨이브 진 머리결과 풍만하게 솟아오른 가슴이 무척이나 매혹적이었다.

아마 평범한 상황일 때에 마주쳤더라면 한 번쯤은 데이트 제안을 하는 걸 고려해봤었겠지.

하지만 안타깝게도 지금 두 사람이 있는 장소는 지옥이었다. 한 번의 잘못된 선택이 곧 목숨의 상실로 이어질지도 모르는 장소 말이다.

'안타깝지만 어쩔 수 없어.'

강혁은 곧장 정글도를 휘둘러 백금발 여인의 목 역시도 베어버렸다.

또 한 번 피분수가 일며 강혁의 머리 위로 쏟아졌다.

이번에는 나름 피한다고 피해봤지만 역시 산발적으로 튀어오르는 핏물을 다 피해낼 방법은 없었다.

'후우, 이걸로 일단 10분은 번건가?'

두 명의 목을 연속으로 베어내고 나서야 강혁은 행동을 멈추었다.

『오우! 10초도 안 되서 두 명이나 끝장내버리다니! 멋지

군요! 역시 귀찮은 것들은 다 제거해버리는 게 낫겠죠? 킥킥킥!』

일말의 지체도 없이 곧장 움직임을 보인 강혁의 행보에 허먼으로 추정되는 목소리는 즐거워하면서도 정글도의 칼날이 재차 다음의 희생자를 향해 휘둘러질 것이라 낙관하는 듯한 모습이었다.

하지만,

'계속 착각해라.'

그의 의도대로 움직여줄 마음은 눈꼽만큼도 없었다.

처음부터 2명을 제거한 이유는 단지 최소한의 시간을 벌기 위함이었으니까.

여섯 명의 희생자들 중에서 굳이 그 두 사람을 선택한 이유는 간단했다.

'삶의 의지가 조금도 엿보이지 않았으니까.'

남자의 경우는 이미 정신이 파괴된 듯 미쳐있었으며, 여자의 경우는 스스로 죽기를 바라고 있었다. 특히나 여자 쪽은 안구마저 적출된 상황이었고 말이다.

혹여나 그녀가 삶의 의지를 지녔다고 했었을 지라도 강혁 분명 시간을 벌 희생자 중 하나로 그녀를 택했을 것이었다.

"후웁, 제길."

얼굴 가득 묻은 핏물을 대충 닦아 내리며 시간을 가늠해 본 강혁은 먼저 소각장 내부의 모습을 크게 둘러보다는 곧 나머지 희생자들의 모습마저 돌아보았다.

여기까지가 탈출의 단서가 되는 '열쇠'가 숨겨져 있는 범위인 것이다.

솔직히….

단지 10분 만에 돌아보기에는 지나치게 넓은 범위였다.

소각장은 벽 너머의 불길에도 불구하고 어두컴컴한 편이었으며, 바닥에는 다 타고 남겨진 뼛가루들과 타다 남은 희생자들의 유품들이 어지럽게 널려있었기 때문이다.

'범위를 좀 줄일 필요가 있어.'

다행스럽게도 강혁에게는 허면과 같은 싸이코패스 연쇄살인마들의 심리를 짐작해낼 수 있는 지식이 있었다.

사혁이었던 시절 해결했던 의뢰 중에는 연쇄살인마나 극단테러분자들을 제거하라는 임무 역시도 있었기 때문이다.

덕분에 강혁은 미치광이 싸이코패스들의 심리에 대해서는 프로파일러들 만큼이나 잘 알고 있다고 자부할 수 있었다.

위험한데다가 종잡을 수 없기까지 한 미치광이들을 상대하려면 그만큼 그들에 대해 많이 알고 있었어야 했으니까.

『응? 더 죽이지 않는 건가요? 이제 와서 죄책감이라도 든 건가?』

두 명을 끝으로 칼끝이 멈추자 허면이 의아하다는 듯 물어온다. 그의 질문에 강혁은 어느새 뻐근해진 목덜미를 주무르며 낮게 혀를 찼다.

'확실히 아주 틀린 말이라고 볼 수는 없으니까.'

지금 당장 이 상황을 탈출하기에 가장 좋은 방법은 허먼이 제안한데로 빠르게 6명의 희생자들을 제거하는 일이었다.

어차피 그냥 놔둬도 불에 구워져 재가 되어버릴 운명들이라면 차라리 고통스럽지 않게 미리 죽여주는 것도 나쁘지는 않은 일이니까.

애초에 강혁에게 있어서 생존을 위해 누군가를 죽인다는 것에 대한 부담이 있을 리는 없었지만 굳이 변명거리를 만들자면 그렇다는 거다.

'…하지만 상황은 언제나 변수를 고려해야만 하지.'

최선의 선택지를 피하고 굳이 지금의 선택을 한 이유는 오로지 변수 때문이었다.

시작부터 더러운 상황에 몰리긴 했지만 어찌됐건 현재는 고작 첫 번째의 단계일 뿐 아닌가.

'이 다음 단계에 저 사람들이 필요하게 될지도 모르는 일이니까.'

만일 그런 방식이라면 한 명이라도 더 많은 생존자를 남기는 편이 이득인 것이다.

먼저 제거한 두 명은 그런 변수를 고려해도 가능성이 없는 이들이었고 말이다.

아무렇지 않게 충동적으로 움직인 것처럼 보이지만 한순간에 두 명을 처리해낸 선택의 이면에는 이러한 계산들이 깔려 있는 것이었다.

『그냥 남자답게 화끈하게 질러요! 기왕이면 아까처럼 피가 확 튀어 오르게! 크히히힛!』

"그럼….''

짧은 상념에서 벗어난 강혁은 깐족대며 말을 걸어오는 허먼의 목소리 따위는 가볍게 씹어주며 '범위'를 좀 더 자세히 훑어보기 시작했다.

막연하게 공간으로만 생각하면 넓어 보이지만 거기에 '이유'와 '성향'을 더하면 그것을 확연히 줄일 수가 있기 때문이었다.

'대부분 저런 놈들은 쓸데없는 디테일에 집착하기 마련이니까.'

정신이 어딘가 돌아있는 미치광이 녀석들.

그 중에서도 흔히 두뇌파라고 자부하는 또라이들은 자신이 최고인줄 아는 경향이 있었다.

마치 스스로가 신이라도 된 것처럼 희생자들을 몰아놓고 그 안에서 그들이 처절하게 발악하다 죽어가는 모습을 보며 즐기는 것이다.

그들이 즐기는 포인트는 '희망'이 '절망'으로 물들어가는 순간이었다.

정말로 살 수 있는 단서는 존재하고 있었고, 그 끄트머리라도 발견한 희생자들은 살기위해 발버둥치지만 결국 한계에 봉착하고는 죽음을 맞이하게 된다.

그때의 한 순간에 희망에서 절망으로 변해가는 희생자

들의 표정은 그런 또라이들에게 있어서 마치 섹스의 그것과도 비견할 수 있을 만큼 짜릿한 희열이 되는 것이다.

그런 점에서 놈들의 행적은 사실 무척이나 뻔하다.

누가 봐도 알아차릴 수 있는 곳에다가 '흔적'을 심어놓기 때문이다.

'지금처럼.'

공포에 질려있고 불안정한 심리상태로까지 몰린 희생자의 입장이라면 쉽게 찾아낼 수도, 그것을 제대로 풀어낼 수도 없는 흔적들이지만, 의외로 차분하게 사고하기만 해도 단서를 찾아내는 것은 그다지 어려운 일이 아니었다.

"역시나."

먼저 땅바닥을 나뒹굴던 희생자들의 머리통을 들어 샅샅이 뒤져보고, 다시 몸통만이 남아있는 시체의 신체부위 곳곳을 살피던 강혁은 어렵지 않게 허먼이 '숨겨둔' 단서를 찾을 수 있었다.

일부로 저며 놓은 것처럼 살점을 깊게 베어둔 허벅지살을 뒤집자 그 안에 선명한 검은색의 잉크로 새겨진 숫자를 발견할 수 있었던 것이다.

두 사람의 시체에서 발견한 숫자는 각각 9와 7.

"좀 아플 겁니다."

"아아아악!"

"그, 그만! 꺄아악!"

아직 살아있는 나머지 4명의 생존자들의 허벅지살을 뒤

집어서 확인한 숫자들은 각각 8, 6, 5, 1이었다.

순서대로 숫자를 놓고 보면 9, 8, 7, 6, 5, 1이라는 이해할 수 없는 조합이 나오지만…….

강혁은 어렵지 않게 숫자의 배열을 맞출 수 있었다.

말했다시피 이런 녀석들의 생각이란 결국 뻔하니까.

'자기 자신의 신격화.'

이 숫자는 분명 허먼과 관련이 있는 숫자일 것이었다.

특히나 이런 곳에 힌트로까지 써놓을 만큼 상징적인 의미를 지니고 있을 테고 말이다.

"예상대로군."

강혁은 어렵지 않게 숫자를 조합해낼 수 있었다.

발견된 단서들의 조합은 뻔하다고 해도 좋을 만큼 추론해내기 편한 범주에 속해있었기 때문이었다.

완성된 숫자의 순서 조합은 189657이었다.

"…너무 뻔해."

년도 식으로 바꾸면 1896년 5월 7일.

바로 허먼이 교수대에 올라 최후를 맞이했던 날이었던 것이다.

'전형적인 신격화지.'

자신이 죽은 날짜를 단서로 사용했다는 것은 그만큼 스스로의 유명세를 믿고 있다는 뜻이 아닌가.

반대로 말하자면 그가 죽은 날을 모르는 이들은 어차피 살아남을 자격이 없다는 뜻이기도 하고 말이다.

정말이지….

무척이나 전형적인 또라이의 생각이었다.

'지금의 사태를 보면 놈의 생각이 아예 틀리다고는 할 수 없지만 말이지.'

지금의 상황에서 그는 적어도 이 '필드'라고 부를 수 있을 법한 장소에서만큼은 절대적인 권한을 가지고 있으니까 말이다.

'그래봤자 결국에는 미친놈이지만.'

낮게 혀를 차며 완성해낸 단서를 다시금 들여다보던 강혁은 이내 처음과 끝의 숫자를 더했다.

별다른 이유나 의미 같은 게 있어서는 아니었다.

단지 생각하지 않을 뿐이었다.

기껏해야 자기가 죽은 날짜를 단서랍시고 내어놓고서 뭔가 제대로 된 트릭 같은 게 있을 리가 없지 않은가.

"흐음."

역시나인가.

한방에 단서로 추정될 수 있을만한 숫자가 나왔다.

198957이라는 숫자에서 양 끝에 있는 1과 7을 더하자 공교롭게도 딱 8이라는 숫자가 나왔던 것이다.

사실 트릭이라고 하기에도 우스울 만큼 1차원적인 방식의 해법이었지만…….

어차피 생전에 사기나 치고 다니던 살인광 나부랭이가 떠올릴 수 있을 법한 트릭이라고 해봐야 결국에는 이런 수준에 불과했다.

강혁은 곧장 8이 새겨져 있던 여성에게로 다가갔다.

아까 전 허벅지살을 헤집어댔던 고통이 상당했었던지 반쯤 실신하고 있으면서도 본능적으로 몸을 비틀어대며 두려움을 드러내는 여성.

"끄흑! 크흐흐흡!"

하지만 결국에는 갈고리에 꿰여서 고통에 휘말려갈 뿐인 여성의 모습을 메마른 시선으로 쳐다보던 강혁은 곧장 그녀의 뒤로 돌아가 목덜미를 더듬어대기 시작했다.

'허먼은 교수형으로 죽었으니까.'

숫자의 조합이 허먼이 죽은 날이라는 점과 그 양옆의 숫자를 더하면 나오는 숫자가 8이라는 점을 더하면 딱 이런 결론이 나오는 것이다.

[열쇠는 8번 숫자를 지닌 희생자의 목 근처에 숨겨져 있을 것이다.]

아니나 다를까.

"빙고."

강혁은 얼마 지나지 않아 목덜미 안쪽의 깊숙한 곳으로부터 열쇠로 추정되는 무언가의 감촉을 확인할 수 있었다.

"……"

조금 전부터 허먼이 침묵을 유지하고 있던 탓에 소각장 내부에는 간헐적으로 신음하는 희생자들의 목소리와 타다닥하고 불길이 타오르는 소리만이 선명히 울려 퍼지고 있었다.

'이제 남은 건…….'

강혁은 정글도를 해제하고 대신 단검을 소환하여 움켜쥐었다. 그리고는 두려움으로 파르르 떨고 있는 8번 희생자의 어깨를 붙잡으며 말하는 것이다.

"이를 악무는 게 좋을 거야. 혀를 깨물게 되면 절단이 될 수도 있을 테니까."

"흐으윽!?"

흠칫 하고 놀라면서도 의아한 감정을 드러내는 희생자.

하지만 그녀가 반응을 할 틈도 없이.

스아악-

"커흑!"

단검의 칼끝을 목덜미의 살점 속으로 밀어 넣었다.

조금이라도 손끝이 어긋나면 신경을 건드려 즉사를 일으킬 수도 있을 만큼 위험한 행위였지만 강혁의 손길은 거침이 없었다.

어깨를 강하게 틀어쥐어 고통의 감각을 분배하는 반면 움직임이 발생하는 것을 최소화하고 있었기 때문이다.

쩌어억-

울컥울컥울컥-

갈라진 살점을 타고서 검붉은 대량의 핏물이 불거지며 세어나오기 시작한다.

"꺄아아아악-!"

처절한 비명이 울려 퍼졌지만 강혁은 거침없이 살점을

벌리고 그 안으로 손가락을 집어넣었다.

"꺼헉! 꺽!"

작살이라도 맞은 것처럼 크게 몸이 경련하던 몸이 이내 부들부들 떨리며 추욱 늘어진다.

동시에 하복부를 타고 흘러내리는 지릿한 액체.

뚝뚝뚝.

그것은 외형적으로도 심정적으로도 그다지 보고 싶지 않은 처참한 광경이었지만 강혁은 아랑곳하지 않고 손가락 끝의 감각에 집중했다.

그리고….

"잡았다."

열쇠로 추정되는 것의 끄트머리를 마침내 잡아내는데 성공한 강혁은 곧장 그것을 뽑아내었다.

푸확-

찢겨진 살점의 잔해와 함께 핏물이 튀어오른다.

확 하고 튀어 오른 핏물이 얼굴 가득 튀었지만 강혁은 아랑곳하지 않고 손에 들린 무언가를 쳐다볼 뿐이었다.

진득한 핏물에 범벅이 되어 있어서 당장에 온전한 모습을 특정할 수는 없지만 분명 '열쇠'라고 추정할 수 있을만한 형태를 지닌 쇳조각.

스으윽-

옷자락을 들어 핏물을 대충 닦아내자 마침내 그 온전한 모습이 드러났다.

"클래식하네."

낡고 색이 바래있지만 분명한 열쇠의 모습이었다.

좀 더 닦아내서 열쇠 사이에 묻은 이물질들을 모두 털어낸 강혁은 이내 통로 쪽을 쳐다본다.

'남은 시간은 아직도 5분 정도인가.'

홀로 탈출하는 것은 물론 나머지 희생자들을 갈고리에서 내려 같이 수습하여 탈출하기에도 충분한 시간이었다.

『이야… 이거 설마 힌트를 단숨에 찾아버릴 줄이야. 생각보다 꽤 하시는 걸요?』

너무나도 빨리 게임이 끝나게 생겼다는 억울함일런가.

여태 잠자코 있던 허먼이 조잘대며 말을 걸어오기 시작한다.

하지만 강혁은 그것을 깨끗이 무시하고는 먼저 통로의 잠금을 해제한 뒤 매달린 생존자들을 하나하나 갈고리에서 끌어내렸다.

혹여나 막무가내 식으로 나오면 혼자 몸만이라도 빨리 빠져나가려고 신경을 잔뜩 곤두세우고 있었지만 허먼은 스스로가 장담한 것처럼 약속을 어기지는 않았다.

"윽, 크흑?"

"사, 살 수 있는 건가요?"

풀어줘도 제대로 서지도 못하는 사람들이 필사적인 생존의 일념을 드러내며 물어온다.

"일단은."

짤막하게 답변한 강혁은 바닥을 기는 희생자들을 부축하여 통로 밖으로 하나하나 밀어냈다.

『아아, 이렇게나 많이 살려낼 줄이야. 실망이에요. 하지만 게임은 이제 막 시작되었을 뿐이니까요.』

그 말을 끝으로 허먼은 다시 입을 다물었다.

강혁은 마지막 한 사람까지도 모두 탈출시킨 뒤에야 밖으로 향하는 통로의 사다리를 움켜쥐었다.

화아아악―

그러는 사이 주변의 공기는 눈에 띄게 뜨거워져 있었다.

남아있는 시간도 이제는 고작 10여초 남짓.

이제 불과 10여초 정도만 지나면 외부에서만 타오르던 불길은 화마가 되어 소각장 내부로 덮쳐들 테고 그 안의 모든 것을 재로 만들어버릴 것이었다.

"……"

스스로 만들어낸 시체의 흔적들을 말없이 한번 훑어본 강혁은 이내 지면을 박차고 튀어오르듯 사다리를 올랐다.

그렇게… 순식간에 2미터 남짓의 사다리를 타고 올라 시원하게 뚫려진 통로를 지나 밖을 향해 머리를 들이 밀었을 때였다.

찌이이잉―

돌연 뇌리를 관통하며 울리는 소성.

동시에 눈앞이 핑 돌며 하얘지기 시작했다.

그것은 불과 얼마 전에 한번 느껴본 적이 있던 감각이었다.

'…젠장, 또냐!'

이제는 친근하게까지 느껴지는 감각과 함께 강혁은 의식이 급격하게 심연을 향해 곤두박질치기 시작함을 느꼈다.

그리고….

"허억!"

마치 끝없는 무저갱의 아래로 떨어져 내리는 듯한 절망감에 저도 모르게 신음하며 몸을 들썩거린 순간!

―…혁씨? 강혁씨?

귓가로 파고드는 누군가의 목소리.

"……."

그것을 의식하며 자연스럽게 감겨졌던 눈을 뜨자 보이는 광경은 익숙한 집안의 전경이었다. 의식이 차례로 밝아지며 상황이 빠르게 받아들여지기 시작한다.

―강혁 씨? 괜찮으신가요? 뭔가 신음하는 소리를 들은 것 같은데요?

걱정스러운 어조로 물어오는 김성욱의 목소리가 수화기를 통해 전해져 온다.

어쩐지 바싹 말라붙어있는 입술을 핥아 가볍게 적셔낸 강혁은 이내 힘겹게 입을 열어 여전히 현재진행형으로 이어지고 있던 김성욱이라는 남자와의 통화에 응했다.

"네. 괜찮습니다."

―휴~ 다행이네요. 전 혹시 또 뭔가 문제라도 생긴 건가 했어요.

간신히 답하자 김성욱이 안도했다는 듯 웃으며 말했다.

강혁은 폰을 귀에 붙인 채 거실로 가서 소파에 무너지듯 기대어 앉았다.

아아~ 역시 비싸게 주고 사길 잘했다.

폭신하게 온 몸을 받쳐주는 안락함에 조금은 혼란한 기분이 나아지는 것을 느끼며 강혁은 나지막한 목소리로 말했다.

"그래서… 어디까지 이야기했었죠?"

-네? 아, 그게… 제가 통성명을 하는 데까지…….

"맞아, 그랬었지. 소속사 사장님이시고 현직 시나리오 작가이기도 하시다고요?

-맞습니다. 그러니까 제가 뵙고자한 이유는…….

"보죠."

-어디까지나 마음이 급해서 그런 건데 결코 무례한 행동을 할 생각은 없었… 네? 뭐라고요?

김성욱은 뭔가 열성적으로 설명을 하려다가 돌연 바보같은 목소리로 되물어왔다.

왠지 지금 그의 표정이 예상이 되어 웃음이 나온 강혁은 실소를 머금으며 천천히 말을 이었다.

"보자고요. 바로 보자고 말씀하셨을 정도면 금방 올 수 있는 거 아닌가요?"

-엑? 그, 그렇게 갑자기요?

이봐! 갑자기 보자고 한 당신이 그렇게 반응하면 어떡해!?

강혁은 기가 막힌다는 표정을 지었다.

바로 그때였다.

-아~ 내가 이럴 줄 알았어! 뭘 그렇게 쫄고 있냐고!

폰의 너머로 날카로운 여성의 목소리가 겹쳐든다.

조금은 멀리서 들려오는 것 같은데도 묘하게 선명하게 박혀드는 목소리.

-하, 하지만 이분은 그 스타시고…….

-스타가 뭐? 이제 겨우 한 작품 잘 되서 뜬 반짝 스타 아냐? 소속사 사장이라는 작자가 신인 하나한테 뭘 그리 얼어 있냐고!

-그, 그래도….

-그래도는 뭘 그래도야! 그리고, 난 뭐 스타 아냐? 꿇릴 게 뭐가 있어?

스타라… 소속된 간판 연예인 같은 건가?

강혁은 흥미롭다는 듯 턱을 쓰다듬었다.

하지만 그것과는 반대로.

'…계속 듣고 있어야 하나?'

강혁은 곤란하다는 표정을 지었다.

뭔가 듣고 있는 입장에서는 아침 드라마를 청취하는 듯한 느낌이라서 재밌긴 한데 여자의 목소리가 끼어들고 나서부터는 전혀 대화가 진행이 되지 않고 있었기 때문이었다.

-정신 차리라고! 이 화상아! 당신 사장이야!

-우욱!

폰의 너머에서는 한창 떠들어대는 소리가 이어지고 있었다.

근데 아무리 간판 연예인이라고 해도 사장한테 저리 막말을 해도 되는 건가?

'막장인 것 같은데…….'

그렇게, 강혁의 머릿속에서 김성욱의 소속사 이미지가 점차 막장으로 굳어져 가고 있을 때였다.

ㅡ됐어! 말이 안 통하네! 폰이나 내놔!

ㅡ어어? 자, 잠깐… 아앗!

ㅡ내놓으라고!

순간 폰에서 귀를 때어내야 할 정도로 시끄러운 소음이 들린다 싶더니 이내 선명한 여성의 목소리가 들려왔다.

ㅡ여보세요? 아직 듣고 계신가요?

"…네."

ㅡ그럼 바로 볼래요? 저에 대한 소개는 만나서 정식으로 드릴 테니까요.

"…그럴까요?"

목소리에 담긴 기세에 강혁은 저도 모르게 고개를 끄덕이고 말았다.

ㅡ그럼 저희가 강혁 씨 집 근처 카페로 갈게요. 지금 바로 갈까요?

좀 전과는 달리 일사천리로 진행되는 과정.

강혁은 무심코 그러자며 답하려다가 이내 화들짝 놀라며

정신을 차렸다.

한순간의 대화만으로 이야기의 주도권이 완전하게 넘어가 있었던 것이다.

'하마터면 말려들 뻔 했어.'

잠시 틈을 들여 냉정을 되찾은 강혁은 곧 차분한 목소리로 말했다.

"생각해보니 지금 당장은 곤란하겠네요."

-네? 방금 전까지만 해도…….

"생각이 바뀌었거든요.

-뭐? 이런 미츠….

-아아! 전화 바꿨습니다!

욕설이 들리려는 찰나 김성욱이 요란스럽게 외치며 폰을 뺏어 들었다.

-뭐? 왜? 읍읍… 이거 안 놔!?

요란스럽게 들려오는 목소리.

그것을 배경음악처럼 깔며 김성욱이 다급히 말했다.

-언제 뵐 수 있을까요? 저흰 강혁 씨가 편하실 때 언제라도 괜찮습니다!

"그럼… 저녁쯤에 볼까요? 다른 게 아니라 이건은 매니저… 아니, 에이전트 형도 알아야 하는 부분이라서요.

-아아, 물론이죠. 그럼 저녁 7시 괜찮으신가요?

"네. 그때 뵙죠."

그 말을 끝으로 강혁은 통화를 끝맺었다.

다소 황당했던 시작에 이어 스펙터클하기까지 한 막장의 순간을 거쳐 결국 만나보기로 이야기가 진행이 되었던 것이다.

　이유는 간단했다.

　[퀘스트: 주연이 되자(B등급)]

　-이제 충분한 인지도에 화제성까지 얻은 당신은 충분히 주연이 될 자격이 있다. 도전해보자.

　-완료 조건: 1달 안에 주연으로써 작품에 참여하기

　-완료 보상: C등급 랜덤 아이템 박스

　[퀘스트(레어): 대표작의 기회]

　-배우에겐 누구나 대표작이라고 할 만한 작품이 있다. 아무리 세월이 지나도 이름을 대면 단번에 떠오를 수 있을 만한 작품을 찍어보자.

　-완료 조건: 1달 안에 대박 시나리오를 찾아 계약하기

　-완료 보상: 매니저 포인트 30000

　※1달의 기간 동안 '스킬(패시브): 시나리오를 보는 눈' 이 임시로 주어집니다. 기한 내에 퀘스트를 완료시 해당 스킬은 온전히 습득할 수 있게 됩니다.

　한동안 소식이 없던 퀘스트들이 돌연 두 개씩이나 생성

되어 등장해 있었기 때문이다.

하필이면 김성욱과의 통화를 하고 있는 순간에 말이다.

물론, 그저 우연의 일치일 수도 있었지만…….

'그러기에는 너무 시기가 공교롭단 말이지.'

김성욱과의 통화를 하고 있던 도중 그의 통성명을 듣는 것과 동시에 지옥으로 진입하게 되었었다.

사전에 어떤 징조도 없이 그야말로 갑작스럽게 말이다.

그런데 지옥에서마저도 뭔가 어정쩡한 순간에 갑자기 시야가 꺼진다 싶더니 현실로 돌아왔다.

'혼란했지.'

방금 전까지 피를 뒤집어 써가며 살인 게임에 응하고 있었는데 갑자기 현실로 돌아와 폰을 잡고 대화를 이어가던 순간이라니 그 간극이 쉽사리 좁혀질 리는 없는 것이다.

바로 그때, 강혁의 눈앞에 새롭게 떠오른 것이 바로 저 두 개의 퀘스트였다.

퀘스트의 내용과 그 보상들을 본 순간, 강혁은 머릿속에 혼재하던 온갖 잡념들을 일단 한곳으로 밀쳐두고는 김성욱과의 통화에만 집중했다.

지옥으로의 돌입도, 복귀 후 퀘스트가 발생한 시기도, 모두 김성욱과의 통화 중에 벌어진 일이었기 때문이다.

'거기에다가 소속사 사장에 현직 시나리오 작가라니…….'

노골적으로 퀘스트의 내용과 연관이 있어 보이는 조합인

것이다.

때문에 강혁은 파토 직전까지 갔던 이야기를 극적으로 돌려 그를 만나보는 방향으로 이야기를 진행했고, 종욱까지 동원한 정식 미팅의 자리를 약속했다.

"후우, 돌아오자마자 갑자기 퀘스트에, 계약 건에, 혼란하구만 혼란해."

고개를 절레절레 흔들며 폰을 소파 위의 아무 곳에다가 대충 던져놓은 강혁은 그대로 부엌으로 가 냉장고를 열고 캔 콜라를 꺼내어 들었다.

그리고는 곧장 뚜껑을 열어서 단숨에 원 샷!

"크으으!"

목구멍을 태우며 지나가는 화끈함에 혼재하던 정신마저 번쩍 차려지는 느낌이다.

"내가 이 맛에 콜라를 마시지."

최근에는 너무 마시고 있지 않나 싶은 감도 있지만.

콜라를 기점으로 정신을 완전히 되돌린 강혁은 다시 소파로 걸어가 기대어 앉았다.

이어지고 있던 현실을 상기시켜주듯 점심때와 가까워진 만큼의 허기가 다시금 꿈틀대며 머리를 들어왔지만 지금은 그보다 더 우선적으로 처리해야 될 일이 있었기 때문이었다.

"우선은 형한테 톡부터 보내고……."

강혁은 몇 개 없는 톡 대화상대 목록에서 종욱의 이름을 찾아 미팅과 관련된 톡을 보냈다.

톡을 보낸 지 얼마 지나지 않아 "그게 뭔 소리야 갑자기?" 라는 답변이 왔지만 적당히 정리해서 잘 설명하자 순순히 받아들여 주었다.

"자, 그럼 이제 남은 건 이쪽인데……."

강혁은 폰을 내려놓고 고개를 들어 허공을 응시했다.

현실 쪽의 퀘스트와는 별개로 떠올라 있던 커다란 메시지 박스.

거기에는 어째서 현재의 상황이 벌어졌는지를 짐작할 수 있게 만들어 줄 수 있는 내용들이 자세히 정리되어 담겨져 있었다.

[시나리오 3. 무정함의 선택지(진행 중… 현재 10%완료)]
  ㄴ[첫 번째 필드(살인의 성)의 미션 점수]
 -1단계: SS랭크[!]
 -2단계: 대기 중.
 -3단계: 대기 중.

강혁이 지나쳐온 고난에 대한 점수를 담고 있는 일종의 평가지. 새겨진 랭크 점수의 옆에 반짝이고 있는 느낌표[!] 마크를 클릭하자 '1단계'와 관련된 세세한 정보들까지 함께 떠오른다.

[1단계 완료 상황]

-탈출 클리어!

-생존자 4명 구출 성공!

-최단 시간 단서 확인 보너스 점수 획득!

SS랭크라는 점수는 이런 세부적인 평가들이 모두 합쳐진 결과들이었던 것이다.

이러고도 SS랭크인걸 보면 아마도 SSS랭크는 한 명도 죽이지 않거나 한 명만 죽인 상태에서 미션을 클리어 해야지만 주어지는 게 아닐까?

"아무튼."

강혁은 점을 찍듯 중얼대며 메시지 박스의 내용을 살피던 고개를 다시 아래로 내렸다. 그리고는 눈을 감은 채 그대로 늘어지며 생각에 잠기는 것이다.

보아하니 지옥은 아직 현재 진행 중인 모양이니까 말이다.

언제가 될지 모르는 재돌입의 순간에 죽을 쓰지 않기 위해서라도 할 수 있는 최대한 대비를 해놓을 필요가 있었다.

'그래봤자 당장 뭔가 할 수 있는 건 없어 보이지만.'

강혁은 한숨과 함께 이마를 짚었다.

왠지 모를 피곤이 덮쳐오는 듯한 기분이었던 것이다.

하지만 강혁은 결코 실망하거나 하지는 않았다.

"뭐, 그래도 얻은 게 없는 건 아니니까."

메시지박스의 내용들을 토대로 강혁은 몇 가지의 사실들을 확실히 깨달을 수 있었기 때문이었다.

'일단 필드의 미션이 3단계로 이루어져 있다는 점.'

'그리고 현재 시나리오의 진행도가 10%나 충전되었다는 점이지.'

그것들을 전체적인 그림으로 대입해보면 이런 결과가 나온다.

[살인의 성 필드를 완료할 시 최소 30%의 시나리오 진행도가 충전될 것이다.]

그리고….

이 가정을 달리 해석하면,

[한 번에 내려가는 층수와 무관하게 시나리오가 완료될 수도 있다.]

라는 결론이 나오는 것이다.

물론 어디까지나 직접 겪어보기 전까지는 알 수가 없는 가정에 불과한 이야기들이었지만…….

'어차피 지금 할 수 있는 일이라고는 이런 것들 밖에는 없으니까.'

최대한 많은 것들을 생각하고 가정해서 어떤 식으로 발생할지 모르는 변수들에 최대한 대비를 해두는 것.

변수를 대비할 수 있다는 것은 결국 기본적인 모든 것을 장악하고 있다는 뜻이기도 하니까 말이다.

"그나저나… 오늘 하루는 바쁘겠군. 아주 밤새도록 말이지."

메시지 박스의 가장 하단에는 강혁이 가장 궁금해 하던 것이 대한 내용이 쓰여져 있었다.

[다음 필드로의 돌입은 플레이어의 '수면'과 함께 이어지게 됩니다.]

쉽게 말해 잠이 들면 지옥으로 돌아가 1단계 이후의 순간부터 이야기를 이어가게 된다는 뜻이다.

그 말은 곧 잠만 자지 않으면 지옥을 회피할 수도 있다는 뜻이기도 했지만…….

당연하게도 그런 바보짓을 할 마음은 없었다.

로봇이 아닌 이상 결국에는 잠이 들 수밖에 없기 때문이다.

사혁조차도 단 1초도 졸지 않고 신경을 곤두세우며 버틸 수 있었던 최고 기록은 38시간 정도에 불과 했었다.

그러니까… 괜히 자지 않고 버티면서 피로와 스트레스를 쌓을 필요는 없는 것이다.

최고의 컨디션으로 임해도 살아남을 수 있을까말까 한 장소에 잔뜩 피곤에 절은 정신으로 돌입했다가는 그야말로 자살행위나 마찬가지인 일이 되고 말 것이기 때문이었다.

"죽고 싶지는 않으니까."

옛말에도 피할 수 없으면 즐기라고 하지 않았던가.

물론, 이 경우는 즐길 수 있을 것 같다는 생각은 전혀 들지 않았지만 말이다.

❖

금강산도 식후경이라는 마음일까.

모처럼 시내까지 나가 호화스런 스테이크 코스 요리로 거하게 점심을 때운 강혁은 이래저래 느긋한 시간들을 보내다가 저녁 약속 장소로 나갔다.

약속 장소는 집에서 그리 멀리 떨어져 있지 않은 카페.

한인의 비율이 높은 LA여서인지 한국인 마스터가 운영하는 카페였는데 커피 맛도 괜찮은데다가 거의 자정이 다될 때까지 운영하곤 했기에 이래저래 단골이 된 카페였다.

"아, 오셨네요."

"안녕하세요."

카페로 들어서자 말끔한 제복 차림의 마스터가 반갑게 맞아준다. 가볍게 인사를 하며 버릇처럼 메뉴판을 올려다보자 마스터가 살갑게 말을 걸어왔다.

"최근에 좀 뜸하셨던데 바쁘셨나 봐요."

"아… 그냥 방콕하고 있었어요. 휴가 기간이었거든요."

"하하, 부러운 이야기네요."

대강 그런 이야기들을 나누며 강혁은 카라멜 마끼아또

한잔을 주문하고는 카페의 내부를 둘러보았다.

강혁이 자주 찾기 때문인지 나름의 명소로 취급받게 된
카페는 거의 대부분의 자리들이 손님으로 들어차 있었다.

그때 종욱이 말했다.

"전 그냥 아메리카노로. 저기 근데 혹시 저희를 찾는 손
님이 오진 않았나요?"

"손님… 말인가요?"

"네. 아마도 남자 한명이랑 눈에 띠게 예쁜 여자 한명의
일행으로 이루어져 있을 텐데……."

"아!"

뭔가 두서없는 설명이었지만 마스터는 대번에 알아차린
모양이었다.

"그 사람들이라면 10분 전부터 와있었어요. 저기 구석
쪽으로 가셨어요. 역시 뭔가 범상치 않더라니… 연예계 쪽
사람들인가 보죠?"

"뭐, 비슷합니다."

종욱은 대강 대답해주고는 대화를 마무리 지었다.

그리고 두 사람은 마스터가 일러준 자리로 향했다.

'오호! 마스터가 호들갑을 떨 만도 한데?'

손님들조차도 뜸한 구석자리에는 두 남녀가 자리하고 있
었다.

30대 후반 정도로 보이는 유약한 인상의 사내와 그야말
로 눈에 띠게 아름다운 미모를 지닌 여성.

그 중에서도 여성 쪽의 미모는 그야말로 독보적이라고 해도 좋을 만큼 충격적인 것이었다.

이래저래 한국의 많은 연예인들의 실물과 헐리우드 스타들의 실물들까지 다양하게 접해본 강혁이었지만, 그런 그조차도 한순간이 시선을 빼앗길 수밖에 없을 만큼 비현실적인 아름다움을 소유하고 있었던 것이다.

물론 미의 관점은 다양하고 각자의 분위기에 따라서 귀엽다거나 섹시하다거나 하는 세부사항을 나눌 수도 있었지만 지금 눈앞에 보이는 여성의 모습을 보게 되면 정말이지 한가지 밖에는 할 말이 없었다.

'예쁘네.'

그것 말고는 할 수 있는 말이 없었다.

자질구레한 설명 따위를 더하지 않아도 그녀는 예뻤으니까.

"김성욱 씨인가요?"

잠시간의 머뭇거림을 지워내고 종욱이 먼저 정신을 차리고는 말을 걸었다.

"아! 매니저 분이시군요. 반갑습니다."

폰의 너머로 들리던 목소리와 딱 비슷한 이미지를 지니고 있는 김성욱은 예를 갖추어 인사를 하며 손을 내밀어 왔다.

종욱은 그의 손을 맞잡으며 지적하듯 말했다.

"매니저가 아니라 에이전트입니다."

"아… 넵."

순식간에 어색해지는 공기.

그때 잠자코 입을 다물고 있던 여성이 말했다.

"일단 앉죠? 이야기 하러 온 거잖아요?"

아아, 역시 목소리도 예쁘다.

폰 너머로 들을 때는 특별히 인식하지 못 했는데 차분하게 가라앉은 목소리를 듣자 확실히 미모에 어울리는 달콤한 목소리였다.

"그럼…."

강혁과 종욱은 차례로 의자를 빼고 두 사람과 마주보는 방향으로 앉았다.

"……."

"……."

앉아마자 다시금 감도는 어색함.

먼저 입을 연 쪽은 이번에도 여성 쪽이었다.

"정식으로 만난 건 이번이 처음이니까 일단 통성명부터 할까요?"

"아, 맞아. 그렇지. 다시 정식으로 인사드릴게요. 전 김성욱이라고 합니다. 현재 한국에서 라온엔터테인먼트 라는 소속사를 운영하고 있죠."

옆구리가 찔리고 나서야 정신을 차리고 말하는 모습이 무척이나 허술해 보인다. 규모야 어쨌든 한 개의 소속사를 운영하는 사장인데 저래도 되는 건가?

새삼 의문이 샘솟았지만 강혁은 거기에 집중하고 있을 틈이 없었다.

곧바로 베일에 쌓여있던 미녀의 입술이 열렸기 때문이었다.

"전 강채현이라고 해요. 나이는 23살이고요. 라온 엔터 소속의 배우예요."

역시 배우였나.

연기력은 모르겠지만 당장 보이는 미모만 해도 그녀는 이미 여배우로써의 포스가 충만해보였다.

'근데 배우라니……'

강혁은 고개를 갸웃할 수밖에 없었다.

그녀에 대한 정보를 들어본 적이 없기 때문이었다.

아무리 묻히는 사람이 많은 연예계라지만 저 정도의 미모라면 단지 그 용모만으로도 화제의 중심이 되기에는 충분했다.

그만큼이나 충격적인 미모였으니까.

하지만 강혁은 물론 종욱마저도 강채현이라는 배우에 대해서는 금시초문이었던 것이다.

그에 대한 해답은 당사자로부터 직접 들을 수 있었다.

마치 예상이라도 했다는 것처럼 설명을 덧붙여왔던 것이다.

"억지로 기억을 쥐어짤 필요 없어요. 모르는 게 당연한 거니까."

"예?"

"모르는 게 당연하다고요. 얼마 전까지는 성우로만 활동하고 있었으니까요."

성우라니… 이건 또 특이한 이력이다.

하지만 동시에 강혁은 이해할 수 있었다.

그런 식이라면 확실히 미모적인 부분은 부각이 될 수가 없었을 테니까.

'그래서 목소리가 예뻤던 거군.'

강혁은 고개를 끄덕이며 다시금 강채현의 얼굴을 쳐다봤다.

그리고는 좀 전까지 이어지던 목소리를 되새기다가 문득 떠오른 생각에 물었다.

"어, 혹시… 게임 쪽 성우로도 참여하신적 있으신가요?"

"네!?"

"왠지 목소리가 어디서 많이 들어본 것 같아서요."

"…그, 그럴 리가요."

강채현은 진심으로 당황한 것 같은 모습이었다.

강혁은 쐐기를 박듯 말했다.

"월드 오브 레전드 와치."

"히익!"

"매도소녀 검사 아이리. 맞죠?"

확신을 갖고 묻는 질문에 강채현은 방금 전까지 유지하던 도도함은 어디다 팔아버렸는지 얼굴이 벌개져서는 정신을

105

차리지 못하는 모습이었다.

평상시 그녀를 알고 있는 사람이라면 놀랄 수밖에 없을
만큼 위태로운 모습.

그런 그녀를 돕기라도 할 셈이었을까.

김성욱이 나서며 말을 받았지만.

"아하하, 맞아요. 그거 완전 녹음 잘 됐죠? 이번에도 캐
릭터 인기투표 1위 했더라고요."

"아아악!"

자폭이 되고 말았다.

❖

한동안 정신을 못 차리고 난동을 피우던 강채현은 그로
부터 10여 분이 지나서야 겨우 안정이 되었다.

미리 주문했던 커피는 이미 다 녹거나 식어버렸지만 난
리가 지나간 후여서인지 네 사람은 한층 더 차분해진 분위
기에서 이야기를 진행할 수 있었다.

'하지만 매도소녀라니… 이걸 커뮤니티에다가 말하면
나 완전 인기 스타 되겠는데?'

배우 강혁으로써의 인지도와는 무관한 게시판 잉여 중의
하나로써의 인기였다.

온라인상에서 월드 오브 레전드 와치의 메인 스토리
캐릭터 중에 하나인 매도소녀 아이리의 인기는 그야말로

상상을 불허할 정도로 폭발적이기 때문이었다.

특히나, 소위 오타쿠라고 불리는 사람들에게 있어 아이리의 인기는 타의추종을 불허했다.

예쁜 얼굴로 아무렇지 않게 매도하는 말을 던지는 게 묘하게 자극이 된다나?

사실 강혁으로써는 완벽하게 이해가 가지는 않는 부분이었지만 어쨌든 매도소녀 검사 아이리는 게임을 즐기는 사람들의 사이에서 최고의 인기를 구가하고 있었다.

참고로 그녀의 대표적인 대사 중 하나는,

[뭘 봐? 이 돼지 자식아!]

였다.

다시 생각해봐도 도무지 이해가 가질 않는 인기였다.

"음, 그러니까 작품을 제안하고 싶으시다고요?"

"네. 가능하다면 소속사 영입도 하고 싶고요."

강혁이 잡생각에 빠져있는 사이 김상욱과 종욱은 진지하게 업무적인 이야기를 나누고 있었다.

"소속사 영입은 일단 제쳐두고… 어떤 작품을 계획하고 계시죠?"

"아, 사극 멜로 영화에요."

"사극 멜로요?"

뭔가 상당히 마이너 한 듯하면서도 구미가 당기는 울림이었다.

하지만 종욱에게는 그렇게 들리지 않았던 것일까.

그의 표정이 한층 더 신중해졌다.

"사극 멜로라고는 하지만 상당한 액션씬이 가미된 활극이 포함된 이야기에요. 저는 거기의 남자 주인공으로 강혁 씨를 꼭 캐스팅하고 싶습니다."

김상욱은 종욱의 반응에도 아랑곳하지 않고 열성적으로 설명을 이었다.

"캐스팅이라면… 이미 감독이나 제작진 투자자 같은 건 다 확보가 된 모양이죠?"

"물론입니다. 이래뵈도 제가 시나리오 작가로써는 꽤나 유능한 편이거든요. 오래 전부터 계획해왔고 준비해왔던 작품입니다. 그런데 마침 강혁 씨가 나타나주셨던 거고요."

흐음, 확실히 그런 거라면 이해가 가는 이야기였다.

급조된 것도 아니고 모든 준비가 다 갖추어진 작품에 숟가락만 얹으면 되는 수준이 아닌가.

'게다가 멜로 연기라면…….'

강혁으로써도 한번쯤은 해보고 싶었던 일이었다.

이야기를 듣고서 머리를 굴리고 있는 사이 종욱은 신중하게 생각하는 듯 하더니 강채현을 힐끗 쳐다보고는 말을 이었다.

"여자 주인공 쪽은 옆에 계신 채현 씨가 맡으시겠고……."

"네. 그렇죠."

"남자 주인공은 혁이 혼자 단독인가요?"

"네. 악역으로 나오게 되는 다른 남자 배우가 있긴 하지만 '주인공'이라는 역할로 보자면 강혁 씨 단독이에요."

"흐음…."

종욱은 의도적으로 상체를 물리며 팔짱을 꼈다.

제안 자체만 놓고 보자면 더 이상 좋은 방향을 찾아보기 어려울 만큼 상당히 구미가 당기는 이야기였지만 연예계의 일은 그리 간단하게 정할 수 있는 것이 아니었다.

가장 완벽해 보이는 작품도 쪽박을 차는 경우가 있었으며, 생각지도 못한 방향에서 대박이 터지기도 하는 곳이 연예계고 영화계였기 때문이었다.

그것을 누구보다 잘 알고 있는 종욱이었기에 신중해질 수밖에 없었다.

"……."

"……."

그렇게 기약 없는 침묵이 이어지기를 계속 했을까.

참다못한 강채현의 입술이 달싹이며 열려지려는 찰나.

"저기, 혹시 시나리오는 지금 가지고 계신가요?"

강혁이 먼저 말했다.

"시나리오요? 아, 네. 물론이죠. 여기 있습니다."

김상욱은 기다렸다는 듯 의자 뒤쪽에 기대어 두었던 사무가방을 뒤지는가 싶더니 이내 '달무리'라는 제목이 쓰여진 종이뭉치를 내밀어왔다.

"이게 시나리오란 말이죠?"

김상욱으로부터 종이뭉치를 받아들며 강혁은 희미한 미소를 머금었다.

작품의 내용이 기대된다거나 하는 이유는 아니었다.

아니, 정확히 말하자면 기대감보다는 더 중요한 가치가 있었다.

'이런 방식이로구만.'

의문에 가려져 있던 '시나리오를 보는 눈' 스킬의 활용법을 확인할 수 있었기 때문이었다.

[시나리오 이름: 달무리]

작품성: A

흥행성: A –>(강혁 참가 시 S로 변환.)

완성도: S

관객 동원률: 한국 기준 800만에서 1100만 사이(변동 가능).

예상했던 그대로.

김상욱이 가져온 시나리오는 충분한 가치를 지니고 있었다.

'퀘스트 2개를 한꺼번에 완료할 수 있는 기회군!'

강혁이 눈을 번뜩였다.

톱스타 킬링의 필드

kill is coming

chapter 3. 예전과는 다른

Hell is coming

chapter 3. 예전과는 다른

신중하게 진행될 것 같던 작품의 계약 문제는 강혁이 시나리오를 받아든 순간 일사천리로 진행이 되었다.

최소한 중박 이상 잘만 하면 대박이 보장되어 있는 작품에 참여하지 않을 이유가 없었던 것이다.

분위기가 유연하게 흘러가자 김상욱은 은근슬쩍 소속사로의 영입까지 이야기를 진행시켜보려 했지만 그 건의 경우는 단호하게 잘라내는 것으로 마무리 지어졌다.

"근데 진짜 그걸로 괜찮아? 망하면 어쩌려고?"

"걱정하지 마. 성공할 거니까."

카페를 나서며 걱정스레 종욱이 걱정스레 물어온다.

강혁은 대수롭지 않게 머리 뒤로 깍지를 끼고 걸으며

말했다.

"믿어. 그건 최소한 1000만 관객 영화가 될 테니까."

"얼씨구? 이젠 신 내림까지 받았냐?"

"뭐, 비슷한 거라 생각해."

종욱의 핀잔에 가벼운 미소로 답하며 앞서 걸어가던 강혁은 돌연 떠오르는 생각에 돌아서며 말했다.

"형 지금 몇 시지?"

"시간? 7시 53분이네."

"오, 얼마 안 걸렸네?"

"누구 씨 덕분에 밀당도 없이 바로 계약을 체결해버렸으니까."

"덕분에 일찍 나왔잖아?"

"하긴… 그렇네."

능청맞게 받아치는 강혁의 말에 종욱은 결국 실소를 머금고 말았다.

"오늘 저녁은 짱개 콜?"

"짱개 좋지. 콜!"

"오케이. 그럼 바로 가자고."

그 말을 끝으로 두 사람은 발걸음을 빨리하기 시작했다.

단골 중국집은 집에서 그리 멀지 않은 위치에 있었지만 카페가 있는 방향과는 정반대의 위치에 있었기 때문이었다.

한 시간 뒤.

저녁 식사를 마친 두 사람은 곧장 집으로 복귀했다.

잘나가는 스타라면 이 시간쯤에 어딘가의 클럽이라도 가
볼 일이었지만 강혁도 종욱도 그런 쪽과는 꽤나 거리가 있
었기 때문이었다.

"형은 바로 잘 거야?"

"응. 내일도 일찍부터 나가야 하니까."

"어째 형이 나보다 더 바쁜 것 같구만?"

"다 네 인기 수명을 위해서란다."

"쩝. 고생하네."

"이게 내가 하는 일인데 뭐."

그 말을 끝으로 종욱은 자신의 방이 있는 2층으로 계단
을 타고 올라갔다.

홀로 거실에 남은 강혁은 습관처럼 소파로 걸어가 그대
로 무너지듯 기대어 앉으며 오글거려 차마 입 밖에는 내지
못한 진심을 웅얼거렸다.

"고마워, 형."

아닌 게 아니라 종욱은 강혁에게 있어 진심으로 고마운
존재였다.

스스로 자신의 일을 하는 것뿐이라 말하고 있긴 하지만
어떤 매니저나 에이전트도 저렇게까지 열심히 일을 하지는

않는다는 것을 알기 때문이었다.

'한 번이라도 연이 닿은 방송국이나 해당 관계자들은 다 만나고 다니고 있으니까.'

종욱이 하고 있는 것은 현재 폭발적으로 뛰어오른 '제프 하몬'의 인기 거품이 가라앉았을 때를 대비하기 위함이었다.

지금이야 사실 뭘 해도 뻥뻥 터져줄 만큼 상승세를 타고 있는 상황이었지만, 그것도 언젠가는 내리막을 타기 마련이기 때문이었다.

실제로 이미 강혁의 인기는 조금씩 내리막을 타고 있었다.

데드문 1시즌의 방영이 끝난 뒤로는 뭔가 제대로 된 활동을 한 적이 없기 때문이었다.

물론, 불과 지난주까지만 해도 꾸준히 예능이나 광고 등에 출연하면서 계속해서 얼굴을 팔고 다니긴 했지만 그건 어디까지나 임시방책에 불과할 뿐이었다.

배우는 결국 연기력과 작품의 성공으로 말해야하는 법이니까 말이다.

'제법 떴다고는 해도 아직 난 반짝 스타일뿐이니까 말이지.'

물론 데드문은 여전히 승승장구할 것이고, 매 시즌이 방영될 때마다 강혁의 인기는 상승 그래프를 그리게 될 가능성이 컸다.

하지만 그래서야 작품에 묻혀버리는 꼴이 아닌가.

사람들은 배우 강혁이 아니라 가상의 배역일 뿐인 제프 하몬의 이름만을 기억하게 될 것이었다.

강혁은 그런 얄팍한 미래 따위에 만족하고 싶지 않았다.

데드문에 출연한 강혁이 아니라, 강혁의 대표작 중 하나로써 데드문이라는 이름을 남기고 싶었던 것이다.

'그러기 위해서는 방송계와 긴밀하게 연결되어 있어야만 하고 말이지.'

전체적인 분위기는 조금씩 다르다고 하지만 결국 한국이던 미국이던 방송가의 기본적인 틀은 비슷했다.

인종과 언어가 다를 뿐이지 결국에는 다 똑같은 사람이 사는 곳이 아니겠는가.

합리적인 선택을 중시하는 미국인이라고 해도 결국에는 자주 보고 친근한 느낌이 드는 사람을 더 우선시하게 수밖에는 없는 법이었다.

세계 어디서든 결국 팔은 안으로 굽는 법이니까 말이다.

종욱이 하고 다니는 일이 바로 그 팔이 되어줄 끈을 더 긴밀하게 만들어두는 일이었다.

"진짜 고생이야."

이번에는 우연이 겹쳐서 데드문의 시즌이 아웃된 소강기를 버텨낼 새로운 작품을 계약할 수 있었지만, 아마 그 일이 아니었더라도 강혁은 다음에 출연하게 될 작품과의 선이 어떻게든 닿을 수 있었을 것이었다.

종욱은 무척이나 유능한 사람이었으며, 스스로 말하는 것처럼 자신의 일에 충실하기 때문이었다.

"흠, 그나저나… 사극멜로라 잘할 수 있으려나?"

한동안 종욱에 대한 미안한 마음을 다지던 강혁은 김성욱으로부터 받아온 영화 '달무리'의 시나리오 뭉치를 가방에서 꺼내어 들었다.

'한국 영화 치고는 꽤나 스케일이 큰 편이었지.'

카페에서는 정말이지 대강만 훑어보았기에 자세한 스토리의 진행까지는 알지 못했지만 그 컨셉만큼은 확실하게 알 수 있었다.

달무리는 사극이라고는 해도 닳고 닳은 조선시대 배경의 이야기나 삼국 시대를 중심으로 하는 이야기가 아닌, 고려시대를 배경으로 하는 이야기였다.

왕건의 이름하에 고려가 세워지고서 요나라와 한참 대치하고 있을 때의 시기를 배경으로 하고 있었던 것이다.

이야기가 벌어지는 주 무대는 전란이 끊이지 않는 국경 근방의 마을이었다.

거기에서 강혁이 맡게 될 역할은 '최호'라는 이름의 검사였는데, 본디 거리를 전전하는 낭인에 불과했지만 지방 호족 가문인 요나라 가주의 눈에 들어 호위무사로써 고용이 된 인물이었다.

그가 호위하는 인물은 '채령'이라는 이름의 여성으로써 채 가문의 금지옥엽 아가씨였다.

과묵하면서도 다소 날카로운 인상으로 묘사되는 최호와는 달리 채령은 단아하면서도 동시에 쾌활한 성격을 지닌 인물이었는데 밖에 싸돌아다니기를 즐겼다.

헌데 어느 날 사건이 발생한다.

채 가문과 적대하고 있던 다른 호족 가문에서 요나라 쪽의 인물과 내통하여 변란을 일으킨 것이다.

대응을 할 틈도 없이 앞뒤로 몰아치는 공격에 채 가문은 단숨에 무너지고 말았다. 요나라뿐만 아니라 근방의 다섯 개 호족가가 모두 작당을 하여 일으킨 일이기 때문이었다.

바로 그때.

채령과 최호는 우연찮게 외부로 나섰던 탓에 화를 피할 수 있었다.

그때부터 이야기는 폭풍이 스치기라도 하는 것처럼 빠르고 거칠게 흘러가기 시작한다.

채령이 살아있다는 것을 알아차린 호족 가문 연합 측에서 추격조가 따라붙고 최호는 혼자의 몸으로 채령을 보호하며 생존하며 도주하기 시작한다.

그런 와중 채령을 사모하며 그녀를 가지기 위해 노력하던 적대 가문의 소가주까지 뛰어들며 이야기는 빠르게 고조되어 간다.

연남천이라는 이름을 지닌 소가주는 근방에서도 이름이 높은 후대의 고려제일검으로 유력시 되는 인물이었으며, 동시에 탐욕스러우면서도 잔혹한 성품을 지닌 인물이었기 때문이었다.

연남천은 집요하게 채령과 최호의 뒤를 따라붙으며 두 사람을 위기에 빠뜨리고 또한 채령의 사랑을 갈구하는 동시에 최호에 대한 저열한 감정을 드러낸다.

시간이 가면 갈수록 최호에게 의지하는 모습을 보이는 채령의 태도와 그런 두 사람의 사이에서 느껴지는 묘한 분위기에 '질투' 라는 감정이 들불처럼 피어올랐던 것이다.

거기에는 매번 그를 가로막으며 끝끝내 그를 밀쳐내고 도주에 성공하는 최호의 실력이 거슬린다는 점도 있었다.

그가 누구인가.

당대의 젊은이들 중에서는 이미 명실상부한 최고의 검사였으며, 후대의 고려 제일검으로 낙점되어있다시피 한 실력자가 아닌가.

헌데, 최호는 그런 그와 호각으로 싸워냈으며 가끔은 그조차도 간담이 서늘해져 올만큼 대단한 검술을 보여주기도 했다.

그와 똑같은 유력 가문의 인물도 아닌, 기껏해야 거리를 전전하며 칼밥을 먹어오던 낭인 출신의 비렁뱅이가 감히 그와 똑같은 눈높이에 서있는 것이다.

거기에서 지독한 자존심의 타격을 받은 연남천은 채령과 최호를 놓칠 때마다 절치부심하여 더 집요하게 두 사람을 쫓았으며 마침내 두 사람을 잡는데 성공을 하게 된다.

무려 일곱 번째의 추격 만에 얻어낸 성공.

성공의 계기는 채령이 그렇게나 믿었던 외숙부의 배신이었다.

처음부터 목표로 삼았던 외숙부의 집이 두 사람을 보호하고 숨겨줄 수 있는 울타리가 아니라, 하나의 함정이자 감옥으로써 작용했던 것이다.

저택에 들어설 때부터 무언가 이상한 낌새를 느낀 최호는 곧장 도주를 하자고 했지만 이미 잦은 노숙으로 한계까지 지쳐있던 채령은 최호의 제안을 묵살하고 만다.

무려 여섯 번이나 그의 의견을 따라 도주에 성공해왔음에도 불구하고 그 마지막의 순간 고집을 부리고 말았던 것이다.

그렇게, 최호와 채령은 독안에 든 쥐의 신세가 된 채로 연남천과 추격조를 맞이하게 된다.

최후의 순간이 다가온 것이다.

그대로 최호는 제거될 것이었으며, 채령은 이름이 사라진 채 노예와도 같은 신분이 되어 연남천의 첩이자 노리개가 될 예정이었다.

최호의 마지막 안배가 없었더라면 말이다.

연남천은 무인으로써의 긍지 따위는 신경도 쓰지 않은 채 부하들과 함께 최호를 공격해 들어간다.

여섯 번이나 되는 검을 나누며 끝내 인정할 수밖에 없었기 때문이리라.

최호의 실력이 그보다 최소 반수는 앞서고 있다는 것을 말이다.

만약 그가 도주해야만 하는 입장이 아니었다면, 채령을 보호해야만 하는 입장이 아니었더라면, 아마도 연남천은 결국 최호의 검에 쓰러지고 말았을 것이었다.

사모하며 소유하고 싶은 여인의 마음이 향해있는 대상에 대한 저열한 질투의 마음과 검사로써의 열등감에 휩싸인 채로 연남천은 최호에게로 검을 휘둘러 간다.

아무리 최호라고도 해도 이번만큼은 절대로 승산을 찾아볼 수가 없는, 그야말로 절망적인 상황.

마치 맹수라도 된 것처럼 신들린 듯 검을 휘둘러가는 최호였지만 시간이 가면 갈수록 그의 몸에는 붉은색의 검상이 늘어가기 시작했다.

울부짖으며 애원하는 채령의 목소리 사이로 어느새 적과 자신의 피로 범벅이 되어버린 최호는 금방이라도 무너질 것처럼 위태로워 보였다.

그런 최호에게로 거만한 미소를 머금은 채 다가가는 연남천.

검을 들 힘조차 없이 검 끝을 땅으로 향한 채 팔을 늘어뜨리고 있는 최호는 더 이상 버티지 못할 것처럼 보였다.

연남천은 자신의 애병인 대검을 들어 올리며 잔혹한 미소를 머금었다.

결국 최후의 승자가 되는 것은 자신이었으니까.

이제 검을 아래로 그어 내리기만 하면 그를 괴롭혀왔던 모든 저열한 감정들을 씻어 내릴 수 있으리라.

그렇게 생각하며 검을 쥔 손에 힘을 더할 때였다.

순간, 소란이 일며 일단의 무리가 난입한다.

돌연 낭인의 무리가 나타나며 연남천의 부하들을 상대하기 시작했던 것이다.

"너무 늦었잖아."

대수롭지 않게 시나리오를 펼쳐 읽어 내리던 강혁은 그 순간 최호에게로 완전히 빙의가 되어 대사를 내뱉었다.

그리고….

최호는 스스로 한 마리의 호랑이가 되어 연남천에게 달려든다. 온 몸에 검상이 새겨지고 피투성이가 되어 끝없이 피를 흘려가면서도 그는 순간 연남천을 압도하고 있었던 것이다.

챙! 채앵!

카가가각—

칼과 칼이 맞부딪히고 검신이 서로를 갊으며 매섭게 스쳐지나간다.

그런 와중에 최호는 채령과 시선이 마주치고, 마지막 힘을 짜내어 연남천을 밀어붙이며 최호는 그녀에게로 입모양을 움직여 속삭인다.

"…이것이 저의 마지막 선물입니다. 아가씨."

그 말을 끝으로 최호는 자신의 모든 것을 담은 검격을 쏘아낸다. 연남천 역시도 후대의 고려 제일검 자리를 예정 받고 있는 인물인 만큼 매섭게 대응해왔지만 소용이 없었다.

푸욱-

푸그윽-

동시의 서로의 몸을 향해 틀어박히는 검신.

연남천의 눈이 고통과 경악으로 크게 치켜떠진다.

처음부터 각오가 달랐던 것이다.

최호는 포위되어 홀로 연남천과 그의 부하들에 맞서는 순간부터 이미 죽을 것을 각오하고 있었으니까.

내장을 헤집어내는 통증에 최호는 피를 토하면서도 끝끝내 이를 악물고 연남천의 심장에 박아 넣은 검신을 비틀어 그의 숨통을 완전하게 끊어낸다.

"안 돼엣-!"

처절한 채령의 절규와 함께 시나리오는 끝을 맺는 것으로 되어 있었다.

시나리오에는 나와 있지 않지만 아마도 영화에서는 그 뒤의 이야기들을 에필로그 식으로 짧게 알려주어 인상 깊은 엔딩을 만들어 내리라.

마지막 장을 넘긴 시나리오 뭉치를 탁자 위로 내려놓으며 강혁은 참아왔던 숨을 내쉬었다.

"후우…."

시계를 보니 벌써 2시간이 지나있다.

그만큼이나 시나리오의 이야기 속에 몰두하고 있었던 탓이리라.

"택하길 잘했어."

새삼스레 스스로의 안목에 대한 칭찬의 평가를 내리며 강혁은 그대로 소파에 기댄 채로 추욱 늘어졌다.

단지 시나리오를 읽었을 뿐인데 하나의 장대한 이야기를 직접 헤쳐 나오기라도 한 것처럼 진이 다 빠지는 듯한 느낌이었기 때문이었다.

그 덕분일까?

아직 고작해야 저녁 10시 정도밖에는 되지 않았음에도 점차 눈꺼풀이 무거워져오는 것이 느껴진다.

'긴장도 풀 겸 게임이나 한 두어 판하고 자려고 했는데 말이지.'

쓰잘데기 없는 생각을 하며 괜스레 눈두덩을 비벼서 피곤을 조금이나마 밀어낸 강혁은 소파를 박차고 일어나 자신의 방으로 향했다.

한국이라면 한창 시끌벅적할 시간대였지만 미국, 특히나 주택가의 밤은 무척이나 조용한 편이었다.

'잠들기에는 참 좋은 환경인데.'

오늘은 왠지 그런 환경이 조금은 원망스럽다.

잠이 들어서 가게 되는 지옥이라면 반대로 잠이 깨면 빠져나올 수 있는 게 아닌가 하는 생각이 들었기 때문이었다.

"그럼 가볼까."

익숙한 방의 전경.

하지만 오늘은 왠지 그러한 전경들이 음산한 느낌으로 다가온다.

달라진 건 분명 아무 것도 없을 텐데도.

"해골 물인가."

순간 원효대사의 일화를 떠올린 강혁은 실소를 머금으며 침대로 다가가 곱게 누웠다.

소파와 마찬가지로 많은 돈을 투자했기 때문인지 푹신하면서도 탄력 있는 스프링이 등허리를 알맞게 받혀온다.

불면증에 걸린 사람이라고 할지라도 금세 잠이 들 것만 같은 안락함이 늪이라도 된 것처럼 강혁의 등을 빨아들이고 있었다.

"그래도 숙면은 할 수 있겠어."

몸 안에 두고 있던 마지막 긴장 한 점마저 마음 편히 놓아버린 강혁은 그대로 팔 다리를 쭈욱 뻗으며 알싸하게 조여 오는 나른함을 만끽했다.

그리고는 언제라고 할 것도 없이 자연스레 눈을 감으며 수면 세계의 문을 향해 다가가는 것이다.

"……."

그 어떤 방해도 있을 리 없는 고요한 방안으로 고른 숨소리가 울려 퍼진다.

머리가 지하를 향해 수직으로 떨어져 내리는 듯한 느낌과 함께 빠르게 멀어져가는 의식.

"후우…."

잠을 청한지 1분도 지나지 않아, 강혁은 짧은 숨을 내쉬며 완전한 잠의 세계로 빠져들었다.

"스으으…."

끊어졌던 의식이 연결되자마자 비릿한 냄새가 코끝을 파고들어온다.

피 냄새와 하수구의 냄새가 뒤섞인 듯한 지독한 냄새에 본능적으로 미간을 찌푸린 강혁은 미간을 좁히며 순간적으로 호흡을 멈추었다.

'돌아왔군.'

저절로 인식되는 생각과 함께 마비되어 적응되는 코의 흐름에 맞추어 지연하고 있던 숨을 토해낸다.

"……."

눈을 떴을 때 보이는 것은 금방이라도 꺼질 것처럼 희미한 불빛만을 머금은 채 연신 깜빡이고 있는 주홍색의 전구와 그 아래로 비추어지고 있는 낡은 방의 전경이었다.

지옥에 어울리는 음산하기 그지없는 광경이 보이자 새삼스럽게 현실감이 들며 한동안 멀어졌던 위기감이 그 간극을 따라잡기 시작한다.

'소각장을 빠져나온 뒤라서 어딘가의 지하실부터 이어질 줄 알았더니…….'

눈을 뜨니까 가구라고는 낡은 침대 밖에는 찾아보기 어려운 삭막한 방안이라니. 여긴 또 어디인 걸까?

그렇게 멍한 정신을 서서히 일깨우며 주변을 찬찬히 돌아보고 있을 때였다.

"드디어 깨어났군요."

"!"

바로 옆에서 들려오는 목소리에 강혁은 화들짝 놀라며 튀어 오르듯 몸을 일으켜 세우며 침대를 벗어났다.

불과 몇 초전까지만 해도 그의 옆에는 어떠한 존재감도 기척도 존재하지 않았었기 때문이었다.

만약 상대가 그를 죽이려고 했다면 느끼지도 못한 채로 허무한 최후를 맞이하고 말았을 터.

"젠장."

지옥으로 돌아왔다는 실감과 함께 방심을 했다는 자책감이 머리를 뜨겁게 달구어온다.

"소환."

그와 동시에 양손으로 정글도와 단검을 동시에 소환하여 움켜쥐며 언제든 닥쳐올지 모르는 위험에 대처하려는 순간이었다.

"그렇게 놀라실 것 없어요."

"헉!"

자리를 잡아가는 바로 등 뒤에서 들려온 목소리에 강혁은 순간 굳어버리고 말았다.

이번에 들려온 목소리는 방금 전에 들었던 것과는 또 다른 목소리였던 것이다.

실제로, 처음 그를 불렀던 목소리의 주인공은 마주보는

방향의 침대 건너편의 벽으로 등을 기댄 채 한가롭게 서서 이쪽을 바라보고 있었다.

바로 그때였다.

세 번째의 목소리가 들려온 것은.

"다들 그만해요."

"!"

이제는 놀랄 여력도 없이 정신이 멍해져서는 돌아보자 침대의 끝이 향하는 방향에 서서 이쪽을 쳐다보고 있는 인영이 보인다.

깜빡, 깜빡….

전구의 불빛의 연신 깜빡이며 실루엣만이 겨우 비추어져 보이는 이들의 모습을 좀 더 명확하게 밝혀준다.

"……."

강혁은 최대한 침착하기 위해 노력하며 3명의 인영을 등지며 바라볼 수 있는 자리를 향해 천천히 움직였다.

강혁이 그러고 있는 사이 3명의 인영은 마치 안심시키기라도 하려는 것처럼 손 하나 까딱하지 않은 채 그저 그가 하는 양을 가만히 쳐다보고 있기만 했다.

그렇게 약 10여 초가 지났을까?

세 번째로 나섰던 목소리의 주인공.

"일단 진정하세요. 저희는 당신의 적이 아니니까요."

지금은 정면으로 보이고 있는 인영이 먼저 말을 걸어왔다.

묘하게 기분이 안정되는 듯한 느낌을 전해오는 목소리.

'여자?'

목소리는 분명한 여성의 것이었다.

어째서인지 잘 교육받은 귀족가의 여식이 연상되는 느낌의 차분하면서도 기품 있는 목소리.

'그러고 보니…….'

그제야 확인하며 주변을 다시금 돌아보자 나머지 2명의 인영 역시도 여성이었다는 사실이 인식되어져 온다.

물론 여성이라고 해서 위험하지 않은 건 아니었지만 강혁은 그나마 조금은 안심이 되는 것 같은 기분을 느끼며 한계까지 치달아 올랐던 긴장의 끈을 조금은 늦추었다.

3명의 여인이 하나같이 손에 아무 것도 들지 않은 비무장의 상태였다는 점도 그 이유 중의 하나였다.

"너희들은 누구지?"

조금은 누그러진 목소리로 물어보는 질문.

그에 정면의 여성은 화색을 띠며 말했다.

"이제 좀 안정이 되셨나보네요."

그리고는 태연하게 한 걸음 앞으로 다가서며 재차 말을 이어오는 것이다.

"저희는 탈락자들이랍니다."

"……!?"

갑작스레 다가드는 발걸음에 강혁은 흠칫 놀라며 경계태세를 취했지만 여성은 그저 가만히 선 채로 이쪽을 보며 말을 걸어왔을 뿐이었다.

여성은 재차 설명하듯 말했다.

"이렇게 말하면 아마 이해하기 힘드시겠죠. 그러니까 설명하기에 앞서서… 제 얼굴을 좀 자세히 봐주시겠어요?"

갑자기 얼굴을 자세히 봐달라니 최면이라도 걸 셈일까?

의심을 하면서도 강혁은 깜빡이는 조명 아래에서 일정하게 비추어지는 그녀의 얼굴을 향해 무심코 시선을 가져갔다.

그리고….

"!"

"아시겠나요?"

강혁은 깨달을 수 있었다.

그녀의 얼굴이 묘하게 익숙하게 느껴진다는 점을 말이다.

뭔가 오래 전에 알고 있다가 연락이 끊겼던 지인의 얼굴과 같은 느낌의 익숙함은 아니었다.

'분명히 얼마 전에 봤던 것 같은……'

"아!"

곧 강혁은 깨달을 수 있었다.

그녀가 누구인지에 대해서 말이다.

"알아차린 모양이네."

"다행이에요."

중대한 깨달음과 동시에 마치 포위하고 있는 것처럼

좌우로 서있던 여성들이 천천히 걸음을 옮겨 정면에 선 여성의 양옆으로 다가가 선다.

깜빡거리는 조명의 아래에 비추어지는 여성들의 용모는 조금씩의 차이는 있을지언정 분명 기억에 있는 모양새를 하고 있었다.

'…희생자들!'

지금 눈앞에 멀쩡한 기색으로 옷까지 곱게 차려입고 있는 여성들은 분명 강혁이 구한 적이 있던 희생자들이었던 것이다.

그때는 알몸으로 벗겨진데다가 몸 곳곳에 상흔이 남겨져서 피투성이가 되어있는 모습이었기에 알아차리는 게 늦었지만 분명 그녀들이었다.

'음? 잠깐만… 나는 분명 4명을 구했을 텐데?'

만약 눈앞의 여성들이 정말로 그가 구한 희생자들이라면 그 숫자는 분명 4명이어야만 했다.

하지만 눈앞에 보이는 인영은 3명뿐이었다.

그런 강혁의 의문을 눈치 채기라도 한 걸까?

"스즈 씨. 당신도 와요."

차분한 목소리의 여성이 뒤쪽을 쳐다보며 말했다.

그리고 강혁은 섬뜩한 기분이 스치는 것을 느꼈다.

"…난 여기서 들을게."

분명히 아무 것도 없다고 생각했던 방의 구석진 공간으로 새까만 머리칼에 검은 원피스를 걸친 여성이 신기루처럼 나타나며 대답을 해왔던 것이다.

마치 귀신이라도 된 것처럼 치렁치렁한 머리칼을 아무렇게나 늘어뜨려 얼굴의 대부분을 가리고 있는 여성.

하지만 강혁은 그녀가 누군지 곧바로 알아차릴 수 있었다.

그가 구했던 희생자들 중 검은색의 머리칼을 지닌 이는 단 한명 밖에는 없었기 때문이었다.

'…8번.'

그녀는 강혁의 손에 의해 시체 바로 직전까지 갔었던 8번 희생자였다. 그녀를 비롯한 모두가 완전하게 회복이 된 채 옷까지 입은 상태로 눈앞에 나타난 것이다.

잠시 생각을 정리하던 강혁이 말했다.

"탈락자라는 건 뭘 말하는 거지?"

"말하자면 조금 길긴 한데, 가볍게 설명하자면……."

이번에도 답해주는 것은 차분한 목소리의 여성이었다.

이야기를 하는 도중 스스로를 올가라는 이름으로 밝힌 금발의 여성은 자신을 러시아 태생이라고 밝혔는데, 1772년생이라고 했다.

그녀는 정말로 분위기에서 느껴지는 것처럼 당시의 시대를 살아가던 귀족 여식들 중에 하나였던 것이다.

그녀는 강혁 혹은 사혁이 겪어왔던 것과 마찬가지로 어느 날 갑자기 지옥으로 끌려오게 되었었고, 첫 번째의 시나리오를 넘기지 못한 채 죽고 말았었다.

하지만 그것은 그녀에게 있어서 끝이 아니었다.

수없이 많은 시간, 많은 세월동안 수많은 차원과 공간을 옮겨 다니며 시나리오의 구조물이나 희생자의 역할들이 맡겨지며 끝없는 고통에 몸부림쳐야만 했던 것이다.

그것은 에밀리, 제니퍼, 스즈라고 이름을 밝힌 나머지 3명 역시도 마찬가지였다.

시나리오를 극복하지 못하고 끝내 죽음을 맞이하고 말았던 네 사람은 '탈락자' 라는 낙인이 붙은 채로 수없이 떠돌며 고통 받고 있었던 것이다.

끝없는 고통에 신음해야하는 그녀들에게 주입된 정보는 단 한 가지뿐이었다.

[지옥을 탈출하고 싶다면 플레이어를 도와 미션을 클리어 해야만 한다!]

네 사람은 각자가 다른 시간, 다른 공간, 다른 순간들을 지나치며 고통 받으면서도 끝없이 갈망해왔었다.

언젠가는 플레이어를 도와 이 끔찍한 굴레를 끊어낼 수 있기를 말이다. 하지만 '희생자' 혹은 '도구' 라는 설정으로 등장하게 되는 그녀들을 구하려 드는 플레이어는 단 한 명도 없었다.

적어도 그녀들이 이제껏 만나왔던 플레이어들 중에는 말이다.

그런 그녀들에게 있어서, 강혁은 은인이자 또한 구원자였다.

그를 도와 임무를 완수할 수만 있다면 끔찍한 탈락자의 굴레를 벗을 수 있게 될 테니까 말이다.

❖

"네? 그럼 멀리 떨어져 있어도 서로 얼굴을 보고 이야기할 수 있는 건가요?"

"…그렇지."

숏소드를 늘어뜨린 채로 옆에 선 올가가 눈동자를 반짝이며 물어온다. 무엇이 그리 궁금한 게 많은지 이것저것 물어보다가 스마트폰이라는 것에 대해 듣고 나서부터는 계속 저 모양이었다.

누가 뭐래도 일단 그녀는 스마트폰은커녕 휴대폰조차 없던 과거의 시대를 살았던 존재이니까 말이다.

"음, 그건 저도 궁금하네요."

"말도 안 돼. 손바닥만 한 폰으로 어떻게 인터넷을 할 수 있다는 거야? 거짓말 하는 거지?"

호기심이 가득한 것은 에밀리와 제니퍼 역시도 마찬가지였다. 각각 영국과 미국 출신인 그녀들은 둘 다 1990년대 초반 쯤음을 기점으로 끌려왔기 때문이었다.

인터넷이 막 보급되기 시작하고, 흉기나 다름없는 크기의 폰들이 고가에 거래되던 때의 시대다.

'스마트 폰이라는 게 신기하기도 하겠지.'

강혁은 새삼스럽게 시대의 흐름을 따른 발전이 전해져와 감탄스러운 기분이 들면서도 조금은 후회스러운 기분이 들고 있었다.

올가로부터 그녀들의 사연을 다 듣고 난 뒤에 눈앞에 떠오른 메시지창.

[탈락자들을 받아들이겠습니까?(YES or NO)]

라는 내용을 담고 있는 메시지창의 선택지에서 YES를 택한 결과가 바로 이것이기 때문이었다.

간절히 애원하며 무릎까지 꿇을 기세인 올가의 부탁에 결국 강혁은 그녀들을 받아들이는 것을 선택했다.

물론 단지 동정심만으로 선택한 결과는 아니었다.

앞의 경우와 마찬가지로 그녀들을 데려가는 것이 앞으로의 미션에서 높은 점수를 받을 수 있지 않을까 하는 가정과 함께 그녀들이 아주 짐만 되는 존재는 아닐 것이라는 확신이 있었기 때문이었다.

누가 뭐래도 그녀들은 한때 강혁과 똑같은 플레이어였으며, 족히 10년 이상을 영겁과도 같은 고통에 신음하며 지내온 존재였으니까.

유일하게 문제가 되는 부분이 있다면 그녀들이 맨손이

라는 점이었지만, 그 부분도 역시 곧 해결될 수 있었다.

[기간제 아이템 '숏소드' x4를 습득하셨습니다. 탈락자
들에게 분배하시겠습니까? (YES or NO)]

YES를 누르자마자 네 자루의 숏소드가 생성되며 새로
운 메시지창이 떠올랐기 때문이었다.

이번에도 YES를 클릭하자 숏소드는 부르르 떨리며 곧
붉은색의 빛으로 화하는가 싶더니 이내 네 갈래로 갈라져
서 각자의 가슴 속으로 쐐기처럼 박혀 스며들었다.

그녀들에게로 종속되어진 것이다.

강혁이 무기들을 소환 및 해제할 수 있는 것처럼 그녀들
역시도 숏소드를 소환하고 또한 해제할 수 있었다.

'그나저나… 슬슬 뭔가 변화가 나타날 시점인데 말이지.'

방을 나와서 마주한 복도.

이래저래 경계를 하며 걷기 시작한지도 벌써 10여 분 째
인데 아무런 진전이 없었다.

딱히 길을 헤매고 있는 것도 아니었다.

처음부터 복도의 한쪽 면은 무너진 잔해들로 막혀 있었
으며 유일하게 나있는 길은 어떠한 갈림길도 없이 일자로
쭈욱 뻗어지고 있었으니까.

그럼에도 문제가 되는 점이 있다면 그 단조롭기 그지없
는 길이 너무 길게 이어지고 있다는 점이었다.

오죽하면 지루함을 참지 못한 올가가 휴대폰에 관한 거나 물어보고 있겠는가.

'긴장감을 떨어뜨리기 위한 의도라면 성공했군.'

하다못해 함정이라도 있거나, 지난번처럼 시체인간 같은 거라도 튀어나왔더라면 이러진 않았을 것이었다. 하지만 복도는 너무나도 고요했으며 한산하기만 했다.

'이대로 좀 더 가면 하품이 나올지도.'

강혁마저도 지루한 기분이 들 정도로 말이다.

바로 그때였다.

"…아!"

다른 이들이 쭈욱 떠들어대는데도 줄곧 입을 다물고 있던 스즈가 처음으로 감탄사를 내뱉은 것은.

"응? 왜 그래?"

모두의 시선이 일제히 스즈에게로 향한다.

동시에 묻는 제니퍼의 질문에 스즈는 머뭇거리는 듯 하더니 이내 손가락을 들어 앞을 가리켰다.

"저 앞…."

"앞? 저기에 뭔가 있어?"

"앞에 빛… 100미터 정도 앞에……."

재차 묻는 말에 스즈는 기어들어가는 듯한 목소리로 말을 이었다.

빛? 그 말은 곧 통로가 있다는 건가?

거리는 100미터 정도 앞이고?

"속도를 좀 더 올리지."

어눌한 스즈의 말을 해석해낸 강혁은 곧장 앞장을 서며 발걸음을 빨리하기 시작했다.

지금까지 잘 버텨오긴 했지만 줄곧 이어지는 어둡고 칙칙한 공간의 반복에는 아무리 그라고 해도 신물이 날수밖에는 없었기 때문이었다.

"드디어 복도가 끝나는 거야?"

"제발 그랬으면 좋겠네요."

제니퍼와 에밀리도 함께 동조하며 발걸음을 빨리한다.

올가와 스즈는 그런 세 사람의 뒤로 한 걸음 정도 떨어진 거리에서 따라붙었다.

"진짜다! 빛이야!"

속도를 올린 지 얼마 지나지 않아 강혁은 스즈가 말한 빛의 정체를 깨달을 수 있었다.

먼저 흥분해서 앞서 뛰어가는 제니퍼.

그런 그녀의 뒷모습을 보며 잠시 페이스를 늦춘 강혁은 잠시나마 달아올랐던 마음을 가라앉히며 빛을 응시했다.

'비상구인가?'

아무리 멀리 떨어져 있다곤 해도 알아차리지 못했다는 점에서 이상하다고 생각했는데 빛의 정체는 희미한 녹색의 사람 모양 마크였다.

모든 곳이 어둠으로 잠겨있는 가운데 비상구 마크로부터

새어나온 녹색의 불빛만이 희미하게 비추고 있다.

'확실히 저래서야 알아차리기 힘들겠네. 쟤는 바로 눈치 챈 모양이지만.'

강혁은 새삼스러운 눈으로 스즈를 힐끔 쳐다봤다.

뭔가 음침해 보이는 인상에 말수조차 없어서 사실 4명 중에서는 가장 필요성이 적은 존재가 아닌 가 했는데 이번의 경우를 보니 꼭 그런 것만도 아닌 모양이었다.

'뭐, 그거야 두고 보면 알게 될 문제겠지만.'

스즈에게서 다시 시선을 거둔 강혁은 천천히 걸음을 옮겨 비상구 마크의 불빛의 비추는 곳으로 다가갔다.

"드디어 끝났나봐! 문이야!"

"아아~ 드디어!"

비상구 마크의 아래에는 낡고 녹이 슨 것처럼 보이는 철문이 우두커니 자리하고 있었다.

문 앞에 서서 기뻐하고 있는 제니퍼와 에밀리 콤비를 지나친 강혁은 신중하게 문의 주변을 살피고 그 표면의 흔적들까지 차례로 훑어냈다.

'…일단 위험한 점은 없어 보이네.'

눈앞에 있는 것은 정말로 평범하기 그지없는 철문이었다.

심지어 흔한 잠금조차 걸려있지 않은 낡고 녹슨 철문.

등 뒤로 올가와 스즈까지도 바싹 따라붙은 것을 확인한 강혁은 손을 들어 모두에게로 긴장하라는 수신호를 남긴 뒤 정글도를 소환해 늘어뜨리며 손잡이를 잡아 비틀어 열었다.

끼리릭, 찰칵—

"윽!"

문을 밀어 젖히자마자 덮쳐드는 빛의 세례에 강혁은 신음을 머금었다. 어둠과 대비되는 흰색의 배경이 순간적으로 늘어나듯 덮쳐들어왔기 때문이었다.

"……."

찰나의 적응을 거쳐 눈동자의 습막을 밀어내고 시력을 회복하자 좀 더 명확히 눈앞의 전경이 비추어져 보인다.

"…에?"

"여긴…."

그건 강혁이 어렴풋이나마 상상하고 있던 어떤 장소와도 부합하지 않는 전경이었다.

"…놀이공원."

모두가 굳어있는 사이 스즈가 조용히 모두의 감상을 마무리 지었다.

눈앞에 펼쳐진 전경은 말 그대로 놀이공원의 모습을 하고 있었던 것이다.

우중충한 먹구름이 휘돌고 그 아래로 회색빛 하늘과 안개가 휘돌고 있었지만 그 사이로 비추는 실루엣은 분명 놀이공원에서나 볼 수 있을 법한 모습 그대로를 갖추고 있었다.

'이건 또 무슨 수작이냐….'

멀리서도 확연히 보이는 대관람차의 실루엣을 확인한 강혁은 〈환영합니다!〉 라는 팻말이 매달린 입구를 쳐다보며 미간을 찌푸렸다.

그도 그럴 것이 호텔을 기반으로 하는 살인마라면 거기에 어울리는 장소로 승부를 봐야 할 것이 아닌가.

사실 장소가 어디가 되던 결국에는 헤쳐 나가야 하는 입장에서 따지고 들어갈 부분은 아니었지만, 강혁은 괜히 신경이 거슬리는 듯한 느낌이 들었다.

아마 거기에는 회색빛 하늘 아래의 안개 속에 비추어진 놀이공원의 실루엣이 주는 분위기가 필요이상으로 불길해 보인다는 점도 있으리라.

『서프라이즈! 놀랐나요? 설마 놀이공원이 나올 줄은 몰랐죠? 저는 누가 뭐래도 호텔 살인마로 유명한 존재니까요. 하지만 그거 알아요? 그게 바로 고정관념이라는 거예요. 키키킥!』

바로 그때 들려오는 기분 나쁜 목소리.

그것은 바로 허먼의 목소리였다.

"기분 나빠…."

"으으…."

마치 히스레저가 연기한 조커의 그것처럼 광기에 휩싸여 있으면서도 소름끼치는 목소리에 제니퍼와 에밀리가 스스로의 팔을 감싸며 어깨를 떨었다.

"……."

"…어둡고 혼탁해."

힐끔 시선을 돌려보니 굳어진 것은 올가와 스즈 역시도 마찬가지.

'좋지 않군.'

아닌 게 아니라 정말로 좋지 않은 상황이었다.

소각장에서 처음 마주했을 때보다도 훨씬 더 허먼의 존재감이 강하게 전해져 오고 있었기 때문이었다.

그것은 뭐라고 말로는 자세히 설명할 수 없는 느낌과도 같은 감각이었다.

허먼은 그런 모두를 비웃기라도 하듯이 들뜬 목소리로 말을 이었다.

『제가 열고 싶었던 처음부터 파티였을 뿐이니까요. 피와 살점이 난무하는 살인 파티 말이죠. 크후후. 호텔이란 장소는 단지 유용한 수단이었을 뿐이죠.』

과연 그런 거였나?

역시 미친놈의 생각은 쉽사리 따라갈 수가 없었다.

『근데 이제와서 굳이 호텔 같이 고리타분한 장소에 얽매여 있을 필요는 없잖아요? 키키킥. 그래서 여길 고안했답

143

니다. 파티라고 하면 역시 놀이공원 아니겠어요? 우리 모두 함께 즐겨보자구요. 후히히히히!」

그 말을 끝으로 어둠에 휩싸여 있던 놀이공원의 실루엣으로 불빛이 들어왔다.

팡! 팡! 팡!

한순간 회색빛 놀이공원의 전경이 알록달록한 색으로 물든다. 하지만 낡은 기구들이 뿜어내는 불빛은 짙은 안개를 뚫어내지 못하고 흩어지는 일렁임만을 더해줄 뿐이었다.

지지직, 지직…

입구의 간판 네온사인이 깜박이며 힘겹게 붉은색의 불빛의 뿜어낸다.

"끄으으으…."

"케헤에에…."

동시에 들려오는 거북한 사운드.

불과 얼마 전에 들어본 적이 있던 가래가 끓는 듯한 소리에 강혁은 정글도를 쥔 손에 힘을 더하며 말했다.

"모두 준비해."

"네."

"알겠어요."

언제 군이 있었냐는 듯 지시가 떨어지기 무섭게 적당한 위치로 자리 잡으며 숏소드를 들어 올려 전투자세를 취하는 탈락자들.

"그우우우…."

"끄르르르…."

짙은 안개의 너머로 비추어지며 드러나는 실루엣들과 함께 거북한 소리들이 좀 더 가깝고 선명하게 들려오기 시작한다.

『두 번째 게임입니다. 놀이공원을 가로질러 관리 탑까지 오세요. 전 거기서 즐겁게 기다리고 있을 테니까요.』

그리고 차갑게 가라앉은 허먼의 목소리가 더해졌다.

'마음에 들지 않는군.'

강혁은 아무 것도 비추어질 리 없는 허공을 노려보며 이를 갈았다. 처음부터 끝까지 자신을 가지고 놀려고 하는 듯한 놈의 태도가 사뭇 마음에 들지 않았기 때문이었다.

하지만,

강혁은 곧 시선을 내리며 차갑게 눈동자를 가라앉혔다.

"허억!"

"으… 끔찍해."

여기저기 전구가 나간 빨간색의 네온사인 아래로 비추어진 놀이공원의 입구를 통해 어느새 실루엣의 주인들이 그 본래의 모습을 드러내며 다가들고 있었기 때문이었다.

처음의 미션을 향해 가던 2층의 복도에서 한번은 본적이 있던 기괴한 모습의 시체 인간.

다만 그때와 다른 점이 있다면 좁은 복도와 달리 넓게 펼쳐진 개활지라는 점이었으며, 또한 그 숫자가 개활지마저 가득 채워낼 수 있을 만큼 바글대고 있다는 점이었다.

"그우우우….."

"끄으으으….."

비척대며 다가드는 시체인간들을 보며 강혁은 왼손을 아래로 늘어뜨려 단검마저 소환해 움켜쥐었다.

화아아악-

"그어어어-!"

어느새 지근까지 다가온 시체인간이 안개를 가르며 달려들어온다.

거리가 가까워지자 순간적으로 속도가 빨라지며 달려드는 시체인간들.

그것은 그 자체만으로도 이미 심장이 덜컥 내려앉을 만큼 섬뜩한 광경이었지만 강혁은 눈썹 하나 까딱하지 않고 그대로 단검을 찔러 넣었다.

푸욱-

이미 썩어 눌러 붙은 안구를 꿰뚫며 깊숙이 박혀 들어가는 단검. 손잡이를 타고 살점과 뼛조각들이 갈려드는 감각이 선명히 전해져 온다.

"흐읍!"

손목을 비틀어 순식간에 머리통 안쪽의 모든 것을 헤집어 놓은 강혁은 그대로 반동을 일으켜 단검을 뽑아내며 전방을 향해 길게 정글도를 휘둘렀다.

스커커컥-

범위에 들어간 시체인간의 머리통과 팔들이 누군가 잡아 뜯기라고 한 것처럼 거칠게 절단되며 튀어 오른다.

동시에 뭉개지고 갈라져 튀어오르는 마른 살점의 흔적들을 보며 유려하게 발걸음을 내딛어낸 강혁은 살점들의 범위에서 완전하게 벗어나며 연속적으로 양손의 무기를 휘둘렀다.

퍼걱-

퍽, 푸가각-

둔탁하면서도 파괴적인 소음이 울릴 때마다 시체인간들은 너무나도 허무하게 부서져 갔다.

"하아앗!"

"죽엇!"

처음에는 겁을 먹는 것처럼 보이던 탈락자들 역시도 생각보다 잘 싸워주고 있었다.

이미 한번 죽음을 겪어보고 그보다 더한 고통 속에서 헤매어 왔던 그녀들에게는 끔찍한 괴물과 싸워야 한다는 공포심보다 다시는 돌아가고 싶지 않다는 간절함이 더 크기 때문이리라.

'하지만 이대로는 곤란하겠군.'

몰려드는 시체인간들을 처치하기 시작한지도 어느새 5분 이상으로 접어들고 있었다.

느릿하게 다가는 녀석들을 차례로 처치해 나가는데 있어서 딱히 어려움은 없었지만 그것을 계속해서 상대할 수 있느냐고 한다면 역시 생각해봐야 하는 것이다.

'체력은 한정되어 있으니까.'

강혁은 입술을 질끈 깨물었다.

그가 처치한 숫자만 해도 30이 넘어가고, 탈락자 4인방이 처치한 숫자도 20은 되어보였지만 시체인간들의 숫자는 전혀 줄어든 것처럼 보이지 않았기 때문이었다.

아니, 오히려 더 많은 숫자의 실루엣들이 안개를 헤치며 비척비척 다가들고 있었다.

다가드는 족족 신속하게 죽여가고 있기 때문에 이 정도지 만일 처치하는 속도가 조금이라도 늦어진다면 금세 포위를 당하고 말게 되리라.

"…그렇게 되면 끝장이야."

낮게 혀를 찬 강혁은 슬쩍 물러서며 주변의 실루엣들을 빠르게 훑었다.

'좌측과 우측은 높은 철조망으로 가로막혀 있고, 등 뒤에는 복도와 이어지는 철문인가.'

당장에 도망가고자 한다면 왔던 길로 돌아서서 문을 닫아거는 것도 하나의 방법이 될 수 있었지만, 강혁은 고개를 저었다.

그래서야 스스로를 고립시키는 방법 밖에는 되질 않는다.

'저것들이 철문을 부수고 들어오지 못하리란 보장도 없고 말이지.'

"결국 방법은 하나뿐인가."

연속으로 정글도를 휘둘러 단번에 3구의 시체인간들을 조각내버린 강혁이 안개의 너머를 응시했다.

붉은색의 네온사인이 비추고 있는 입구 쪽의 뒤로는 시체인간들이 뭉쳐서 만들어낸 검은색의 실루엣이 마치 파도처럼 서서히 밀려들고 있었다.

'저길 뚫어야 하다니……'

강혁은 한숨을 머금었다.

아무리 그라고 해도 시체인간들이 득시글한 중심으로 파고 들어갈 용기는 쉽사리 나질 않았기 때문이었다.

'하지만….'

"선택의 여지가 없군."

생각을 결정한 강혁은 곧장 방향을 특정했다.

그리고…….

"모두 집중해!"

"네?"

"무, 무슨 일이죠?"

갑작스런 외침에 치열하게 시체인간들을 배제해가던 탈락자 4인방이 움찔하며 일제히 시선을 향한다.

그런 와중에도 방심하지 않고서 시체인간들의 머리통을 향해 숏소드를 휘두르거나 찔러 들어가는 여전사들.

'좋군.'

저만하면 당초에 생각했던 것보다 훨씬 더 쓸 만한 전력이었다. 하지만 지금 부른 건 한가하게 전투 평가를 하기 위해서가 아니니까.

강혁은 모두에게로 시선을 맞추며 빠르게 말했다.

"지금부터 우리는 놀이공원 안쪽으로 들어갈 거야."

"에? 그 말은…."

화들짝 놀라며 눈을 크게 키우는 제니퍼.

강혁은 고개를 끄덕이며 말을 덧붙였다.

"맞아. 저것들을 정면으로 돌파해야만 한다는 거지."

"…어쩔 수 없네요."

"이대로 가다간 우리가 먼저 지치고 말테니까."

본래 플레이어 출신이기 때문일까?

극도의 위험 속으로 뛰어들어야만 하는 상황임에도 불구하고 다들 이해가 빨랐다.

'좋아. 그럼 더 기다릴 필요는 없겠지.'

강혁은 슬금슬금 움직여 탈락자들의 진형으로 합류했다.

그리고는 의도적으로 쐐기형의 모양이 되도록 앞장서서 나서며 나지막이 말하는 것이다.

"지금부터 간다. 그러니까… 모두 낙오되지 않도록 조심해."

"응."

"네."

"명심할게요."

저마다의 반응으로 답하는 탈락자들.

강혁은 다시 전방을 향해 고개를 돌리며 천천히 자세를 낮추었다.

그리고…….

"간닷!"

강혁이 먼저 힘껏 지면을 박차며 쇄도했다.

스커커컥-

돌진하는 기세까지 함께 더하여 휘둘러낸 참격이 시체인간들의 머리통을 날리는 것으로도 모자라 놈들의 몸뚱이까지 한꺼번에 밀쳐내며 무너뜨린다.

"지금!"

그 사이로 호령하듯 외치며 더 깊게 파고든 강혁은 가까워지는 거리에 따라 차례로 다가드는 시체인간들을 향해 연신 정글도와 단검을 휘둘러내며 빠르게 앞으로 나아가기 시작했다.

"하얏!"

"꺼지라고!"

바로 뒤를 따르는 탈락자들 역시도 잘해주고 있었다.

처음부터 그랬던 것처럼 각자를 보조하며 착실히 발걸음을 옮겨가고 있었던 것이다.

"그워어어-"

안개를 뚫어내며 시체인간의 흉측한 얼굴이 순간적으로

코앞까지 다가온다.

놀이공원의 안쪽으로 파고들면 들수록 그 밀집도가 높아져가는 시체인간들을 계속해서 쳐내어 가다보니 그 역겨운 면상이 코앞으로 접근해올 때까지 제지하지 못했던 것이다.

'젠장!'

강혁은 욕설을 머금었다.

쩌억 벌어진 이빨이 얼굴을 통째로 물어뜯으려 하고 있었지만 그것을 저지해야만 할 두 손은 이미 반대의 방향을 향해서 휘둘러지고 있었기 때문이었다.

피해내기에도 이미 늦은 상태였다.

고개를 틀고 뒷걸음질을 칠 동안 시체인간의 이빨은 무방비 상태로 드러난 목덜미를 향해 무참히 박혀들어 올테니까.

"큭!"

신음과 함께 강혁은 이를 악물었다.

방법이 없다는 것을 깨달은 이상 각오를 다지는 것이다.

불시에 당하는 공격과 알고 대비한 상태에서 당하는 공격에의 체감은 틀려질 수밖에 없으니까.

'귀를 내어준다.'

그렇게 싸늘한 각오를 굳히며 다가드는 이빨을 향해 일부로 귀 쪽을 가져가려 할 때였다.

푸우욱—

"케헤헥!"

시체인간의 관자놀이를 향해 정확하게 박혀 들어가는 검신.

이미 시꺼먼 피와 살점의 흔적이 잔뜩 묻은 칼날은 시체인간의 머리통을 관통하는 것으로도 모자라 그대로 위쪽을 향해 휘둘러지며 썩어있는 머리통을 쪼개어냈다.

"괜찮아요?"

검의 주인은 다름 아닌 올가였다.

그 찰나의 순간 그녀가 도움의 손길을 뻗어왔던 것이다.

"음, 괜찮아."

"조심해요."

올가의 말에 묵묵히 고개만을 끄덕여준 강혁은 이를 악물며 더 맹렬히 정글도를 휘둘렀다.

고마움을 표할 새도 없이 움직이면 안 될 만큼 시체인간들의 포위가 한층 더 가까이 조여들고 있었기 때문이었다.

'제길, 빨리 도주로를 찾아야 해!'

이대로 있다가는 결국 죽고 말테니까.

"이런 곳에서… 죽어 줄까보냐!"

선언과도 같은 말과 함께 강혁의 시선이 빠르게 주변을 살피며 시체인간들의 사이로 여기저기 비추어져 보이는 구조물들을 스캔한다.

공간마자 촘촘히 늘어서 있는 놀이기구들과 상점 건물들이 보인다.

그 중에 가장 가까이 보이는 것은 '딴딴딴 ♪ 딴딴딴 ♪' 거리는 단조로운 음악과 함께 홀로 돌아가고 있는 회전목마.

하지만 지금의 상황에서 그런 평화로운 광경 따위가 도움이 될 리는 없었다.

'일단 몸을 피할 수 있을만한 장소.'

강혁은 낮게 이를 갈았다.

놀이공원이라는 공간은 생각보다 몸을 숨길만한 장소가 드문 편이었던 것이다.

바로 그때.

"…저기."

"응?"

돌연 옷자락을 잡아당기는 손길에 강혁은 흠칫하고 놀라면서도 힐끗 시선을 돌렸다.

옷자락을 쥐고 있는 대상은 다름 아닌 스즈였다.

여전히 치렁치렁한 흑발로 얼굴의 절반 이상을 가리고 있는 그녀가 돌연 강혁의 옷자락을 잡아당겨왔던 것이다.

"왜? 뭔가 있어?"

"저쪽에…."

"저쪽?"

강혁은 스즈의 손가락이 가리키는 방향으로 시선을 향했다. 그러나 짙은 안개 탓에 보이는 것은 두루뭉술한 실루엣의 형태뿐이었다.

'젠장! 뭐가 있다는 거야!?'

그에 속으로 욕설을 머금으면서도 더 자세히 보기 위해 눈매를 좁혀가는 순간이었다.

휘이이이–

돌연 돌풍이 일며 그 전까지 시야의 앞으로 잔뜩 자리하고 있던 안개를 일부 밀어내며 그 너머에 가려지고 있던 것들의 형태가 훨씬 더 확연하게 드러냈다.

"!"

정확히 스즈의 손가락 끝이 가리키는 방향의 저편으로 족히 3층은 되어 보이는 높이를 지닌 상점 건물이 세워져 있었던 것이다.

그것은 다름 아닌 기념품 상점이었다.

찾아오는 손님들이 편안하고 쾌적하게 쇼핑을 할 수 있도록 몰(Mall)의 형태로 다양한 가게들이 들어서 있는 건물.

'일단 숨을 돌리기엔 최적의 장소야!'

기념품 상점 건물을 발견한 강혁은 더 기다릴 것도 없이 즉시 방향을 선회하며 외쳤다.

"모두 저기까지 일단 뛰어!"

발끝을 돌림과 동시에 힘껏 지면을 박차며 가장 먼저 뛰어나간다. 그런 강혁의 앞을 경주선 위의 장애물이라도 된 것처럼 시체인간들이 막아서왔지만 방해가 될 수는 없었다.

"흐아아앗!"

푸가각-

빠악! 투콰카칵-

폭발적으로 뻗어져 나온 정글도와 단검이 시체인간들이 다가들기도 전에 쏘아지며 그들을 무참히 튕겨내고 있었기 때문이었다.

"조심해!"

"언니도요!"

짧은 순간이나마 계속해서 서로의 목숨을 지켜주고 있기 때문일까? 부쩍 친해진 것처럼 보이는 네 사람이 매섭게 숏소드를 휘둘러가며 허겁지겁 강혁의 뒤를 따른다.

"후웁!"

쨍그랑!

기념품 상점 건물의 정문으로 이어지는 계단을 한번에 2 개씩이나 딛으며 단숨에 문까지 도달한 강혁은 그대로 속도를 줄이지 않고 어깨를 들이밀어 유리문을 부수며 안으로 굴러 들어갔다.

파사사삭-

"큭!"

깨어진 유리조각들이 비산하며 자잘한 조각들이 등이며 어깨로 미세하게 박혀드는 느낌들이 전해져 온다. 하지만 강혁은 조금의 머뭇거림도 없이 곧바로 몸을 일으켜 세웠다.

"빨리 와!"

시체괴물들 때문에 지체가 된 탓인지 탈락자들은 조금 뒤처진 거리에서 이제야 계단의 중반쯤을 지나고 있었다.

그런 그녀들에게로 거머리처럼 달려드는 시체인간들.

"조금만 더!"

"힘내요!"

멀었던 거리는 순식간에 좁혀졌다.

바로 문 앞까지 다가온 탈락자들의 모습에 강혁은 옆으로 비켜서며 다시금 재촉의 말을 던졌다.

"곧바로 3층까지 뛰어! 봉쇄는 그 다음에 한다!"

"네!"

"알았다고옷!"

부서진 유리문을 차례로 통과하는 탈락자들.

먼저 에밀리와 제니퍼가 들어서고 그 뒤로 스즈 역시도 들어섰다. 그리고 마지막으로 올가 역시도 덮쳐드는 시체인간들을 밀쳐내며 몸을 돌려 세웠을 때였다.

"꺄악!"

"언니잇-!"

돌연 울려 퍼지는 비명소리.

동시에 강혁의 동공 역시 크게 확장되었다.

"!"

알아차리지도 못한 사이 시체인간들과는 또 다른 형태를 지닌 괴물체가 튀어 오르며 톱니와도 같이 날카로운

이빨을 드러낸 채로 올가의 머리를 덮쳐가고 있었기 때문
이었다.

톱스타의 킬링필드

hell is coming

chapter 4. 악의 사도

Hell is coming

chapter 4. 악의 사도

절체절명의 순간!

강혁은 손을 뻗으며 의념을 집중시켰다.

'멈춰라!'

염력을 집중시켜 마치 방어막을 형성한 것과 같이 괴물과 올가의 사이로 보이지 않는 층을 형성해낸 것이다.

물론 기껏해야 5Kg정도 출력의 염력으로는 아주 잠깐 정도 괴물의 움직임을 제한하는 게 고작이었지만 지금은 그 정도만으로도 충분했던 것이다.

비명성이 울리는 것과 동시에 전개된 염력의 막은 훌륭히 괴물을 멈춰 세웠다.

염력을 집중시킨 얼굴 부분을 제외한 몸은 여전히 밀려

들어오고 있었고, 올가의 머리통을 물어뜯어가던 입 역시도 계속해서 밀려들어오고 있었지만 마치 슬로우 모션이라고 해도 좋을 정도로 눈에 띄게 느려진 속도였다.

"크윽!"

강혁은 신음을 머금었다.

괴물의 공격을 막아낸 반발력이 즉시 두통이 되어 머리를 옥죄어오기 시작했던 것이다.

'…더 이상은!'

염력의 막이 전개 된지 불과 1.5초.

강혁은 더 이상 버티지 못할 것임을 알아차렸다.

하지만 아쉬울 것은 없었다.

"아악!"

훌륭히 공격의 경로에서 벗어난 올가가 즉시 몸을 낮추며 안으로 뛰어 들어왔기 때문이었다.

놓치지 않겠다는 듯 뒤이어 휘둘러진 괴물의 손톱이 올가의 등을 긁고 지나가긴 했지만 즉사하게 될 상황이 가벼운 부상 정도로 바뀐 거리면 훨씬 남는 장사였다.

"언니잇!"

놀란 제니퍼가 다시금 비명을 지르며 올가에게로 뛰어간다.

그녀에게 부축되어 일으켜지는 올가를 확인한 강혁은 곧장 뒤쪽을 가리키며 외쳤다.

"일단 모두 저기 비상계단 쪽으로 뛰어!"

쾅앙!

목표를 놓친 채로 벽면에 구르듯 처박혔던 괴물체가 그르륵 거리는 소리를 내며 이쪽을 똑바로 쳐다보고 있었기 때문이었다.

회색빛의 번들거리는 피부에 뼈가 드러나 보일 정도로 수척하게 깡마른 체구의 괴물.

'젠장, 저건 또 뭐냐고!'

하지만 구부정하게 웅크린 자세임에도 불구하고 족히 2미터는 되어 보일 정도로 커다란 키는 그 자체만으로도 이미 위협적이었다.

"크르르륵…."

놈의 벌어진 입가로 시커먼 혓바닥이 뱀처럼 길게 늘어나며 끈적한 타액도 함께 흘러내린다.

그리고 톱니처럼 날카로운 이빨들이 움찔거리며 위아래로 들락날락거린다 싶은 순간!

"캬하아아–!"

괴성과 함께 놈이 몸을 날렸다.

카장창–!

거짓말처럼 쉽게 부서져나가는 문짝. 목재로 만들어진 나무틀 사이사이로 붙어있던 유리조각들이 아예 박살이나서 흩어지며 비산한다.

마치 폭탄이라도 터진 것 같은 모습과 함께 괴물이 일직선으로 달려 들어왔다.

고작 3미터 남짓의 거리는 순식간에 좁히고 남을 만큼 어마어마한 속도.

"꺄아악!"

그 위압감에 누군가가 또 비명을 터뜨렸지만 다행히도 그것에 희생을 당해야만 할 사람은 없었다.

제니퍼들은 이미 비상계단의 문을 통과해 계단 위쪽까지 올라간 상태였으며, 강혁 역시도 아슬아슬하게나마 비상계단의 통로 안쪽으로 몸을 던져 넣을 수 있었기 때문이었다.

쿠와아앙-!

뛰쳐 들어와 문을 닫아걸자마자 철문의 중앙부로 불룩 튀어나온 원형의 자국이 생기며 커다란 굉음이 일었다.

조금만 더 큰 힘이 가해졌다면 아예 문짝 자체로 튕겨져 나왔으리라 여겨질 만큼 무시무시한 충격.

실제로도 문은 얼마 버티지 못할 것처럼 보였다.

"무, 문이…!"

"…이제 어떻게 하죠?"

하얗게 질린 얼굴로 물어오는 에밀리의 말에 강혁은 이를 악물며 답했다.

"일단 최소 3층까지는 뛰어!"

"알겠어요!"

"…네."

지시가 떨어지자마자 어떻게든 정신을 차리고서 계단을 오르기 시작하는 탈락자들.

"캬하아악!"

콰아앙—

분노에 찬 포효와 함께 철문의 위로 또 하나 새겨지는 자국을 보며 강혁은 욕설과 함께 탈락자들의 뒤를 따랐다.

이미 눈에 뜨일 정도로 안쪽을 향해 깊게 일그러진 문짝의 상태가 금방이라도 박살이 날 것처럼 간당간당해보였기 때문이었다.

'그래도 어떻게 3층까지만 간다면……!'

다행히 괴물의 신체는 꽤나 큰 편이었다.

아마도 제대로 일어선다면 3미터 정도는 되겠지.

그런 체구를 지니고 있다면 좁은 비상계단을 올라서까지 쫓아오지는 못할 터.

굳이 3층까지 목표를 정한 이유도 바로 그 때문이었다. 2층이라면 하다못해 놈이 천장을 깨부수고 접근해올 가능성이 있었지만 3층 정도라면 놈의 신장으로도 쉽사리 거리가 닿질 않을 테니까.

'만약에 놈이 벽을 탈 수 있다면…?'

"…젠장, 그런 생각은 나중에 하자."

강혁은 애써 불길한 생각을 떨쳐내며 빠르게 계단을 올랐다.

덜커덩─

"이리로!"

3층에 접어들자 어찌할 바를 모르고 우왕좌왕하고 있던 탈락자들을 지나친 강혁은 3층의 문을 부수듯 열어젖히며 그 안의 공간으로 들어섰다.

들어서자마자 코끝으로 파고드는 퀴퀴한 냄새들.

오래된 먼지의 냄새와 함께 3층의 전경의 눈앞에 들어왔다.

'…여긴?'

3층의 모습은 먼지가 쌓여있는 것만 제외하면 의외로 잘 정리되어 있는 카페의 모습을 하고 있었다.

카운터처럼 보이는 곳의 간판 메뉴에 써진 음식들을 보면 아마 커피와 함께 간단한 식사도 제공하는 종류의 가게 였으리라.

기념품을 고르다 지친 사람들이 잠시 쉬어가기에는 딱 좋은 느낌의 가게.

'지금은 아무래도 상관없는 이야기지만.'

어차피 지금은 먼지만이 수북이 쌓인 폐허일 뿐이었다.

"언니, 이리로 와요!"

"조심히!"

앞서서 3층 공간을 돌아보고 있자 제니퍼와 에밀리가

양옆으로 올가를 부축하며 들어섰다.

등 뒤로 흥건히 피를 흘리고 있는 올가는 어느새 입술이 파리해져 있었다.

"일단 저기에 엎드리게 해!"

강혁은 카페 공간에 배치된 테이블 중 하나로 다가가 대충 먼지를 털어낸 뒤 그 위로 그나마 깔끔한 테이블보를 덮어서 깔았다.

"거기에 말인가요?"

"그래, 얼른!"

"…네, 넵!"

채근하는 말에 제니퍼가 화들짝 놀라며 올가를 부축해 테이블 위로 조심스럽게 엎드리도록 만들었다.

"끅, 흐윽…!"

눈을 감은 채로 신음하고 있는 올가.

아무래도 괴물의 일격이 생각했던 것보다 더 깊이 파고든 모양이었다.

'더 끌다가는 쇼크가 올 수도 있겠어.'

올가의 상태를 가늠한 강혁은 즉시 단검을 소환해 그녀의 옷을 그대로 찢어냈다.

찌이익—

척추를 기점으로 예리하게 잘려나간 옷자락이 좌우로 갈라지며 그 안에 갇혀있던 새하얀 피부가 드러난다.

그야말로 극상이라고 밖에는 표현할 수 없는 완벽한 S

라인의 몸매.

하지만 그런 것에 시선을 빼앗기고 있을 틈은 없었다.

그러는 사이에도 등을 사선으로 가르며 베어진 상처로는 꾸역꾸역 핏물이 쏟아져 나오고 있었기 때문이었다.

'…일단 임시처방이긴 하지만.'

강혁은 아껴두었던 지혈제 아이템을 꺼내어 들어 즉시 올가의 상처 위로 뿌렸다.

치이이익—

상처의 깊이가 크기 때문일까.

희뿌연 연기가 피어오르며 상처 부위가 부글부글 끓어오르기 시작했다.

"아아악—!"

고통을 참지 못한 올가가 커다란 비명을 터뜨렸지만 강혁은 눈썹하나 까딱하지 않고 지혈제를 상처 부위로 골고루 뿌렸다.

그녀의 고통과는 무관하게 상처는 눈에 띄게 호전되고 있었기 때문이었다.

포션의 효과처럼 상처 자체가 나아졌다던가 하는 일은 없었지만 적어도 피가 멎고 벌어진 상처 부위의 위로 얇은 피막 같은 것이 생겨나 있었다.

새살이 솟아나기 직전의 단계.

'일단은 이걸로 숨은 돌린 것 같군.'

강혁은 내심 안도의 한숨을 내쉬며 단검을 놀려 깨끗한

식탁보를 잘게 찢어냈다. 그리고는 길게 늘어뜨린 천 조각을 붕대처럼 올가의 상체 위로 휘감으며 말하는 것이다.

"일단 피는 멎었어. 하지만 조심해서 움직여야 할 거야. 상처가 터지면 나도 답이 없으니까."

"…아, 알겠어요."

비명을 지르며 덩달아 정신을 차린 올가가 힘겹게 답한다.

"언니, 괜찮아요?"

"이제 움직일 수 있어요?"

한 발짝 떨어져서 눈치만 보고 있던 제니퍼와 에밀리가 차례로 올가에게 다가가 안위를 물었다.

"응… 괜찮아."

저런 게 귀족가의 몸가짐이라는 것일까.

올가는 등허리로 타고 드는 고통에 미간을 찌푸리면서도 애써 웃어 보이는 모습이었다.

그 모습은 일견 애처로워 보이기도 했지만 강혁은 가볍게 고개를 끄덕였다. 어찌됐건 고비는 넘긴 것처럼 보였기 때문이었다.

'아직 갈 길이 머니까.'

밖에는 아직 그 숫자조차 짐작할 수 없이 많은 시체 인간들이 몰려들고 있었으며, 그 안에는 정체불명의 위협적인 괴물까지 포함되어 있었다.

일단 숨을 돌리기 위해서 이곳으로 찾아오긴 했지만 사실상 고립된 것이나 마찬가지 상태인 것이다.

'이대로 시간을 끌다가는 결국 시체 인간들이 여기까지 올라오고 말테니까.'

상황은 좋지 않았지만 얼른 탈출할 수 있는 방법을 강구해야만 했다. 그렇게 답답한 마음을 애써 가라앉히며 주변을 빠짐없이 돌아보고 있을 때였다.

"언니 정말 괜찮아요?"

"…응, 난 괜찮… 아윽!"

귓가로 파고드는 에밀리와 올가의 대화소리.

뒤이어 제니퍼의 채근하는 소리가 들려왔다.

"괜찮긴 뭐가 괜찮아요. 안 되겠어. 언니, 거부하지 마요."

"응? 뭐가… 흐읍!?"

숨이 들이켜지는 소리에 무심코 고개를 돌리던 강혁은 그대로 벙찐 표정을 짓고 말았다.

"……!?"

손을 뻗어 올가의 목을 붙잡아 당긴 제니퍼가 명백하게 입술을 마주치며 그녀에게로 키스를 감행하고 있었던 것이다.

그것도 무척이나 깊숙하고도 끈적한 딥키스를 말이다.

생각지도 못한 기습키스에 헛숨과 함께 제니퍼를 밀어내려했던 올가는 어느 순간부터 몸에 힘을 풀어버린 채로 키스에 열중해가는 모습이었다.

'대체 이게 뭔 상황이야!?'

그런 생각이 강혁의 머리를 스쳐지나가려는 찰나, 족히 20여 초는 될 만큼 길게 이어졌던 키스가 끝이나며 부벼지던 입술이 떼어진다.

"하아…."

"후아아…."

깊고도 길었던 키스의 정도를 증명시켜주듯 둘의 입술 사이로 투명한 타액의 끈이 길게 이어졌다가 끊어진다.

그리고 바로 다음 순간이었다.

"으음…!"

돌연 신음과 함께 제니퍼의 신형이 크게 휘청거리며 바닥을 향해 무너져 내렸다. 그러나 그녀는 바닥에 쓰러지지 않았다.

이제까지 파리한 안색으로 서는 것만으로도 겨우 버티고 있는 것처럼 보이던 올가가 훨씬 나아진 모습으로 그녀를 부축해 일으켜 세웠기 때문이었다.

……대체 무슨 일이 벌어진 거지?

강혁의 표정 위로 당혹감이 차오르고 있을 때였다.

"…스킬이에요."

잠자코 비켜나 보고 있던 에밀리가 돌연 다가오며 설명을 해주었다.

"스킬?"

"네. 실은 저희 모두 다 스킬을 한가지 씩 가지고 있거든요. 어째서인지는 모르겠지만 우리들끼리는 각자가 어떤 능력들을 지니고 있는지 알 수 있더군요."

"뭐? 그럼…."

"방금 그 키스가 스킬을 사용하기 위한 조건이에요. 제니퍼의 스킬은 '상처분담'이거든요. 서로 간의 신체를 동기화시켜서 고통을 분배하고 스스로의 생명력을 치유력으로 전환하는 능력이죠. 스킬을 사용하는 데는 단순하게 피부 간의 접촉만 해도 상관없지만 동기화율이 높으면 높을수록 스킬의 효율이 늘어나거든요."

"…그런 거였군."

강혁은 그제야 눈앞에서 벌어졌던 일련의 사태에 대해서 이해할 수 있었다.

키스를 해서 부상자를 치유할 수 있는 능력이라니… 뭔가 황당한 느낌이 들지만 이미 눈앞에 그 증거가 놓여있지 않은가.

'믿는 수밖에.'

강혁은 곧장 방침을 결정하고는 다시 에밀리에게 물었다.

"각자가 다 하나씩 스킬을 가지고 있다고?"

"…네."

똑바른 눈으로 강혁을 마주보며 답해오는 에밀리.

그런 그녀의 모습에 강혁의 머릿속으로 수많은 생각들이 지나쳐 갔지만 이내 그 모든 것들을 지워낸 강혁이 곧 결의에 찬 얼굴로 다시 물었다.

"어떤 스킬들을 가지고 있지?"

◆

'뭔가 애매하군.'

각자가 가진 스킬들을 듣고난 뒤에 곧장 떠오른 생각이
었다.

사실 처음부터 대단한 스킬이 있을 거라 기대했던 건 아
니었지만… 그런 점을 두고서도 그녀들의 스킬은 뭔가 하
나씩 써먹기에는 애매한 수준의 능력들을 지니고 있었던
것이었다.

'생존본능에 약점감지… 신체강화에 상처분담인가.'

각각 스즈, 올가, 에밀리, 제니퍼가 지닌 스킬들이었다.

스킬 명칭만 봐도 알 수 있다시피 생존본능은 말 그대로
위험을 본능적으로 감지해서 안전한 장소를 찾아갈 수 있
도록 만들어주는 일종의 육감과도 같은 패시브계 스킬이었
으며, 약점감지는 상대하고 있는 적의 약점을 파악할 수 있
도록 만들어주는 능력이었다.

신체강화는 일정기간동안 본인 혹은 타인의 육체를 강화
시켜 근력과 민첩성을 상승시킬 수 있었으며, 상처분담의
경우 스스로의 피로도를 자원으로 해서 본인 혹은 타인의
상처를 치유할 수 있었다.

얼핏 듣기에는 꽤나 괜찮아 보이는 능력.

하지만 거기에는 하나같이 제약들이 존재했다.

'생존본능은 오로지 본인의 위기에만 발동하지.'

스스로가 위험하다는 감정을 느끼지 못하면 발동하지 않는다는 뜻이다.

물론 이런 상황에 위기감이 생기지 않을 리는 없었지만 각자가 지닌 감각의 차이에서 발생하는 딜레이는 어쩔 수가 없는 것이다.

'약점감지는 뭐라고 설명하기도 애매하다.'

약점감지는 오로지 본인만이 느낄 수 있으며 그나마도 즉발형이 아니라 전투가 이어지며 상대에 대한 일정이상의 데이터가 모여야지만이 발동하는 조건부의 스킬이었다.

그것만으로도 잘만 사용하면 적에 대한 약점을 공유하여 이득을 본다든가 할 수 있겠지만 이건 게임이 아니었다.

HP와 MP가 존재하고 그런 수치들에 기인하여 몬스터를 상대하는 그런 종류의 이야기가 아닌 것이다.

데이터를 모으게 되는 그 짧은 시간 사이에 무슨 일이든 발생할 수가 있었다.

한마디로 약점감지는 가용성 부분이 크게 떨어지는 편이었다.

'상처분담은 위급한 상황에서는 사용할 수조차 없고… 육체강화는 그 상승폭이 극히 미미하다.'

제니퍼가 직접 눈앞에서 시연해 보여준 일도 있던 상처분담 스킬은 그 제약이 너무나도 명확했다.

대상의 상처를 치유하기 위해서는 동기화를 해야만 하고 그러기 위해서는 신체의 접촉을 할 필요가 있었는데 제대로 된 효과를 내려면 최소한 키스 정도는 되는 수준의 접촉을 할 필요가 있었던 것이다.

1초가 급박하게 흘러가는 난리통에서 저런 스킬을 온전히 사용할 수 있을 리가 없었다.

게다가 설령 사용할 수 있다고 해도 문제였다.

피로도를 자원으로 하는 만큼 동기화하여 치유하는 상처의 정도가 크면 큰 만큼 제니퍼의 피로도 역시도 큰 폭으로 상승하게 되기 때문이었다.

실제로 그녀는 올가의 상처를 치유하고 나서 족히 5분간은 의자에 기대어 앉아 있어야 할 만큼 골골거렸었다.

'애매해!'

육체강화는 타인에게도 걸어줄 수 있다는 점에서 분명 장점이 있긴 했지만 그 상승폭이 문제였다.

증가하는 수치가 불과 2퍼센트에 불과했기 때문이다.

게임적인 관점으로 보자면야 고작 2퍼센트의 상승폭이라고는 해도 그 수치를 결코 무시할 수 없다는 것을 알지만 이것은 실패하면 곧 죽게 되는 현실이었다.

게다가 이쪽은 몇 백 몇 천의 높은 스텟을 지닌 고레벨 캐릭터가 아니라 기껏해야 건강한 인간 정도의 수준을 지닌 쪼렙 중에 쪼렙인 것이다.

에밀리의 육체강화 스킬은 적어도 지금 당장에는 그리 도움이 되지 않는 능력이었다.

"이제 어떡하죠?"

벽에 기대어 고심하고 있던 강혁에게 올가가 다가오며 물어왔다.

그녀는 여전히 창백한 얼굴이었지만 치유 전에 비하면 훨씬 더 괜찮아 보였다.

"이제 슬슬 움직여야지. 시체들도 슬슬 발아래까지 들어찬 것 같으니까."

사실 아까 전부터 시체괴물 특유의 거북한 울음소리들이 발 아래로부터 희미하게 들려오고 있었다.

놈들이 최소한 2층까지는 들어찼다는 뜻.

이걸로 이제 들어왔던 방향으로 빠져나갈 수 있는 방법은 없었다. 그곳에는 이미 시체괴물들로 가득 차 있을 테니까.

하지만,

강혁은 일말의 걱정도 하지 않았다.

'계획이 있으니까.'

상황은 조금 다르지만 사혁이었던 시절에도 임무 중 고립되는 일은 얼마든지 있었다. 그러나 그럴 때마다 그는 항상 적들을 따돌리고 유유히 빠져나올 수 있었다.

일을 함에 있어서 암살뿐만 아니라 탈출에도 준비와 공을 들이는 것은 당연한 일이었지만 사혁이 지닌 '계획'은 그런 것들과는 달랐다.

업데이트를 하기 때문이었다.

똑같은 거리, 똑같은 조건이라고 해도 변수는 언제나 발생하기 마련이었으며, 미처 파악하지 못한 정보란 늘상 존재하기 마련이었다.

사혁은 바로 이런 점의 오차를 최소화하기 위해 임무를 위해 움직여가면서도 주변의 정보들을 모두 파악하고 그것을 바탕으로 2안 3안에 해당하는 계획들을 즉각적으로 만들어내기를 즐겼다.

이른바 임기응변인 것이다.

바로 이런 점 때문에 사혁은 조직에서 최고의 암살자로써 유명세를 떨칠 수 있었었다.

'다 옛날 얘기지만.'

잠시 옛 생각에 잠겼던 강혁은 다시 정신을 차리고는 모두에게로 계획을 털어놓기 시작했다.

"일단은 테이블보랑 저기 천 조각들까지 모두 다 걷어와."

"아… 넵!"

지금껏 그래왔듯 자세한 설명 따위는 없는 명령식의 말이었지만 올가는 즉시 고개를 끄덕이며 움직이기 시작했다. 그런 그녀의 뒤로 나머지 탈락자들 역시도 주춤주춤 따라붙었다.

"…여기."

"이것들로 뭘 어떡하려고?"

물어오는 제니퍼에게 대답하는 대신 강혁은 즉시 단검을 소환해 움켜쥐며 수북이 쌓여진 천 조각들을 모조리 찢어내기 시작했다.

그리고는 일정한 간격으로 잘라진 조각들을 다시금 서로

얽히듯이 엮어가기 시작하는 것이다.

"로프? 지금 로프를 만드는 건가요?"

"뭐, 비슷해."

강혁은 고개를 끄덕이며 천 조각들을 엮는데 집중했다.

오래 전부터 해왔던 일인 만큼 빠른 속도로 두터워지며 로프의 형태를 갖추어가는 천 조각들.

하지만 작업이 이어질수록 제니퍼들은 고개를 갸웃거릴 수밖에 없었다.

애초부터 모아진 천조각의 양은 많은 편이 아니었지만, 그런 점을 고려해도 의아함을 들 수밖에 없을 만큼 줄의 길이가 그다지 길어 보이지 않았기 때문이었다.

얽히고설켜 만들어진 그 온전한 형태를 갖추어가기 시작한 줄의 길이는 기껏해야 5미터 정도 밖에는 되어 보이지 않았다.

족히 10미터는 넘어가는 높이로부터 지면에 닿기에는 맞지 않는 수치.

때마침 줄을 완성한 강혁은 그런 제니퍼의 반응에 피식 실소를 머금어 주며 말했다.

"걱정 마. 아래로 내려가기 위해 만든 건 아니니까."

"…에?"

여전히 알아채지 못한 그녀를 가볍게 일별하며 강혁은 완성된 천 조각 로프를 팔목에 휘감은 뒤 굳게 닫아걸었던 비상계단의 문 앞에 섰다.

엉거주춤하면서도 그의 뒤로 곧장 따라붙어오는 탈락자들.

강혁은 문고리에 손을 얹으며 말했다.

"우리는 옥상으로 갈 거야. 그런 다음에는……."

"엑?"

계획을 들은 탈락자들의 얼굴이 하얗게 질렸다.

그 중에서도 특히 제니퍼의 얼굴이 말이다.

터엉!

비상계단을 통해 3층까지 올라와 있던 시체 괴물들을 처리해가며 옥상으로 도달한 강혁은 희뿌연 안개와 함께 찾아드는 축축한 공기의 기운에 어깨를 파르르 떨었다.

마치 보이지 않는 안개의 너머로부터 누군가가 계속해서 노려보고 있는 듯한 느낌이 들었기 때문이었다.

하지만 이내 강혁은 불안을 떨쳐내며 옥상의 난간부 근처에 섰다.

그리고… 강혁은 이내 회심의 미소를 머금었다.

'빙고!'

어느 정도는 도박이라고도 할 수 있던 즉발성 계획의 퍼즐이 방금 온전하게 맞추어졌기 때문이었다.

안개에 가려져 자세히 보이지는 않았지만 분명한 실루엣이 그 너머로 비추어지고 있었다.

그것은 바로 롤러코스터의 레일이었다.

옥상의 난간으로부터 불과 3~4미터 정도 떨어진 거리로 롤러코스터의 레일이 연결되어 있었던 것이다.

강혁은 이것을 도망쳐오던 도중 힐끗 지나쳐가며 발견한 놀이공원의 안내판 지도로부터 확인할 수 있었다.

놀이공원의 규모가 그리 크지 않다는 점과 각종 상점들과 놀이기구 간의 거리가 그리 떨어져 있지 않다는 점에서 계획을 짰던 것.

'이 정도면 어렵지 않게 연결할 수 있겠어.'

강혁의 계획은 바로 이 로프를 이용해 롤러코스터의 레일로 옮겨가는 것이었다.

어차피 지상은 빈틈을 찾아보기 힘들만큼 온통 시체괴물들로 가득한 모양이니 아예 위쪽의 경로를 이용하려는 것이다.

다행스럽게도 이곳의 롤러코스터는 그 규모 탓인지 롤러코스터라기보다는 청룡열차에 가까운 수준의 놀이기구였다.

즉, 레일의 구성이 비교적 단순한 편이라는 뜻이다.

저 정도라면 걸어서 이동하는 것도 그다지 어려운 일은 아니었다.

굳이 문제점이 있다면 어떻게 줄을 연결할 수 있느냐 하는 점이었지만, 그 역시도 어려움은 없었다.

강혁에게는 염력이라는 훌륭한 스킬이 있기 때문이었다.

염력 스킬의 레벨을 3까지 상승시키며 열심히 사용해왔던 강혁에게 있어서 로프를 뻗어 그 한쪽의 끝을 쇠봉에

엮는 것 정도는 이제 손바닥을 뒤집는 것만큼이나 쉬운 일이었던 것이다.

"후, 그럼."

더 생각할 것도 없이 강혁은 즉각 팔에 감아두었던 로프를 풀어 던지는 즉시 염력을 사용했다.

마치 살아있는 생물이라도 된 것처럼 채찍처럼 뻗어가는 로프.

쐐애액-

로프는 즉각 롤러코스터의 레일로 뻗어나가 그 끄트머리의 고리 같은 부분으로 혼자 휘감기며 두번이나 매듭을 지었다.

그 덕분에 줄이 조금 짧아지긴 했지만 강혁은 매듭의 단단함에만 만족하며 탈락자들을 돌아보았다.

"누가 먼저 갈래?"

어차피 처음부터 로프의 한쪽 끝은 어딘가에 묶어둘 생각이 없었기 때문이었다.

묶이지 않은 로프의 반대쪽 끝을 손목에 휘감아 엮어 팽팽해지도록 당긴 채로 강혁은 탈락자들을 재촉했다.

"빨리 선택하는 게 좋을 거야. 지금 이 순간에도 저 계단 아래에서는 계속해서 놈들이 밀려들어오고 있으니까."

"제, 제가 먼저 갈게요."

역시나 탈락자들의 리더 격이라고도 할 수 있는 올가가 가장 먼저 손을 들며 나섰다.

하지만 그녀 역시도 아무런 안정장비 없이 줄을 건너야 한다는 것에 두려움에 찬 표정.

강혁은 그녀를 안심시키듯 말했다.

"걱정하지 마. 네가 손을 놓아버리지 않는 이상 떨어질 일은 없을 테니까. 알겠지?"

"…네."

어쩐지 별로 위로가 된 것처럼 보이지는 않았지만 올가는 하얗게 질린 얼굴을 하면서도 곧장 로프의 앞으로 다가갔다.

그리고는 크게 심호흡을 하는가 싶더니 즉각 매달리듯 로프 위로 몸을 얹어놓는 것이다.

"흑!"

"헙!"

무게가 더해지며 일시적으로 꺼지는 줄의 흔들림에 올가와 탈락자들의 입에서 동시에 신음이 새어져 나온다.

하지만 곧 줄이 다시 팽팽하게 잡아당겨지고 위태롭게 매달린 올가의 몸이 조금씩 앞을 향해 나아가기 시작하자 그 모든 것이 잦아들었다.

그녀가 보여주고 있었기 때문이다.

가능하다는 것을.

'숙련된 조교라는 게 괜히 있는 게 아니지.'

올가는 첫 번째 시도자이자 숙련된 조교로써 나머지 훈련병(?)들에게 훌륭한 귀감이 되어주고 있었다.

❖

이동은 순조롭게 마무리 지어졌다.

제니퍼의 차례가 왔을 때 약간의 소요가 있긴 했지만 그
녀 역시도 무사히 롤러코스터 쪽으로 옮겨갈 수 있었다.

강혁이 고소공포증을 호소하며 발을 끌던 그녀의 허리를
강제라 잡아채고서는 그대로 줄을 타고 옥상의 밖으로 몸
을 던졌기 때문이었다.

애초부터 밧줄의 끝을 손에 계속 쥐고 있었던 이유도 다
이런 이유에서였다.

만약 생각보다 시체인간들이 빨리 옥상에 도달하고 또
닫아걸은 문이 뚫리는 일이라도 발생하면 순서고 나발이고
일단 다 매달려서 건너가야만 하니까 말이다.

이번의 경우에는 겁을 먹은 짐덩이를 옮기는 데에 쓰이
게 된 케이스였지만, 그래도 옮겨지는 과정에 소리를 지르
지 않은 것은 나름 칭찬해줄만한 일이었다.

'소리조차 못낼 만큼 쫄았었는지 모르겠지만.'

올가 등의 도움을 받아 레일 위로 끌어올려진 강혁은 주
저앉아 넋이 나가있는 제니퍼의 모습을 힐끗 쳐다보고는
다시 전방을 향해 시선을 옮겼다.

여전히 짙은 안개로 인해 시야는 무척이나 한정적이었다.

바로 코앞의 전경과 그 너머의 실루엣만이 겨우 비추어
져 보일 뿐이다.

"그우우우…."

"끄르르륵…."

아래쪽에서는 시체 인간들이 연신 기괴한 소리를 내며 운집해 몰려다니고 있었으며 그럼에도 조용하게 내려앉은 사위의 분위기는 불안함을 가중시키고 있었다.

제법 용감하다고 자처하는 사람도 금세 어깨를 떨며 다리에 힘이 풀리고 말 정도로 으스스한 공기.

"나쁘진 않군."

하지만 강혁은 주변을 몇 번 둘러보는가 싶더니 이내 고개를 주억거렸다.

이번 계획에 있어서 가장 치명적인 변수라고 할 수 있는 존재가 아직까지는 그 모습을 드러내고 있지 않았기 때문이었다.

기념품 상점의 입구에서 마주쳤던 괴물.

그 괴물이 상대라면 아무리 강혁이라고 해도 이런 정글도나 단검 따위의 무기만 가지고 상대하는 것은 무리였다.

영화에서도 그런 괴물을 상대하려면 최소한 자동소총 정도는 들고 싸우지 않던가.

그런 의미에서 괴물이 보이지 않는 것은 분명 다행스러운 일이었다.

'높은 지대로는 못 오는 건지도 모르지.'

적당히 괴물에 대한 생각을 마무리 지은 강혁은 겨우 충격에서 회복한 듯한 제니퍼의 상태를 보고서는 나지막한 목소리로 말했다.

"슬슬 다시 움직일 거야. 말하지 않아도 알겠지만 큰 소리를 내지 마."

"알겠어요."

"명심할게요."

올가들의 대답을 들은 강혁은 곧장 등을 돌리며 앞장서서 걷기 시작했다.

그런 강혁의 뒤를 네 여인이 바싹 뒤따랐다.

"……."

"……."

레일의 위를 걸어가는 것은 그리 어렵지 않았다.

작업자를 위한 것인지 아니면 컨셉인지는 모르겠지만 레일의 양옆으로 사람 한 명이 걸어갈 수 있는 정도의 발판 같은 것들이 쭈욱 이어져 있었기 때문이었다.

레일을 중심으로 좌우에 한명씩 서면 줄이 길게 이어지지 않고서도 순조롭게 이동을 할 수 있었다.

"!"

한마디 말도 없이 무심하게 발걸음만을 옮기던 강혁이 돌연 멈춰서며 멈추라는 신호를 하자 모두가 일제히 긴장을 하며 본능적으로 자세를 낮춘다.

강혁은 올가의 바로 옆까지 다가와 그녀의 귓가에 대고 속삭였다.

"잘 들어. 이제부터 내리막길을 갈 건데 그 끝이 지면과

이어져 있어. 물론 철조망이 가로막고 있긴 하지만 시체인
간들과 얼굴을 맞대야 한다는 건 어쩔 수가 없는 일이지.
그러니까…….."

"…입단속을 하라는 말이죠?"

속삭이며 답해오는 올가의 말에 강혁은 말없이 고개를
끄덕였다. 이내 올가가 모두에게 귓속말로 상황에 대한 전
파를 끝마치고나자 강혁은 다시 이동을 계시했다.

'다행히 그리고 가파르지는 않군.'

먼저 조심스럽게 발걸음을 내딛으며 무게 중심을 뒤로
잡는다.

균형이 조금이라도 앞으로 쏠렸다가는 분명 하중을 버티
지 못한 다리가 멋대로 움직여 뛰쳐나가게 될 테니까.

그렇게 되면 시체 인간들의 시선을 끌게 되는 것은 필연
적이었다.

그 뒤로는 그 정체불명의 괴물까지도 나타날지 모르고
말이다.

"케르륵, 끄륵!"

"키히이…"

기울기를 따라 지면으로 가까워질수록 시체 인간들의 소
리가 더 가깝고 선명하게 들려온다.

안개 때문에 그 모습이 자세히 보이진 않았지만 오히려
그 때문에 더 괴기스럽게 들리는 소리들.

'이래서야 괴물 이전에 분위기에 눌리겠군.'

강혁은 쓴웃음을 머금었다.

자유롭게 볼 수 없다는 시야의 답답함 때문일까?

족히 십수 년 동안이나 끔찍한 광경을 보고 근래 들어 더욱더 심한 광경들을 지나쳐왔음에도 불구하고 절로 몸이 무거워지는 듯한 느낌이 들었기 때문이었다.

분위기에 눌리고 있다는 뜻이었다.

"하아… 하아…."

아니나 다를까 올가를 비롯한 모두의 표정이 심상치 않았다.

극도의 긴장감에 젖어들어 금방이라도 터져버릴 것만 같은 얼굴들.

'별로 나쁜 일이 생기지는 않았으면 좋겠는데….'

강혁은 어느새 말라붙어버린 입술을 핥아 생기를 되돌리며 지면과 맞닿은 레일의 연결부로 접어들었다.

다행스럽게도 올가들은 긴장해서 버벅거리면서도 소리 없이 내리막길을 잘 내려오고 있는 것처럼 보였다.

모든 것이 순조롭게 이어지고 있었다.

하지만… 어째서일까?

강혁은 불안한 예감을 지울 수가 없었다.

마치 진흙 밭을 밟으며 걷고 있기라도 한 것처럼 껄적찌근 한 느낌. 금방이라도 무언가 좋지 않은 일이 벌어질 것만 같은 느낌이었다.

바로 그때였다.

"학!"

적막이 가득한 안개를 가르며 헛숨을 삼키는 소리가 순간적으로 울려 퍼진 것은.

소리는 바로 등 뒤로부터 들려오고 있었다.

'젠장!'

반사적으로 고개를 돌리자 발을 헛디뎌 균형이 무너지고 있는 제니퍼의 모습이 보였다.

'아아, 어째서 불길한 예감은 항상 빗나가는 법이 없냐!'

강혁은 이를 악물며 손을 뻗었다.

염력을 사용하기 위해서였다.

아까 전 괴물을 막아섰던 반발력 때문인지 계속해서 머리가 지끈거리고 있었지만 선택의 여지가 없었다.

균형을 잃고 레일 밖으로 넘어지고 있는 제니퍼의 몸은 정확히 철조망 쪽을 향해 떨어져 내리고 있었기 때문이었다.

'이대로는 위험해!'

강혁은 즉각 의식을 집중하며 염력을 시전했다.

"큭!"

그러나 제대로 된 집중을 하지 못한 탓인지 염력은 무너지는 제니퍼의 몸을 받치지 못하고 곧장 흩어지고 말았다.

흩어진 염력의 반발력이 고스란히 두통이 되어 머릿속을 송곳처럼 푹푹 찔러 들어온다.

'안 돼!'

이대로라면 사단이 나게 되는 것은 기정사실!

바로 그때였다.

"흡!"

무너져가던 제니퍼의 몸이 급격히 당겨지며 다시 레일 쪽으로 되돌아왔다.

레일의 건너편에 있던 스즈가 순간적으로 거리를 좁히며 그녀의 팔을 잡아당긴 것이었다.

거기에다가 본능적으로 신음을 토하려는 그녀의 입술을 손을 뻗어 더 이상의 소음이 새는 것을 차단하기까지 했다.

"……."

"……."

약 5초 정도의 시간이 지나자 스즈는 조심스럽게 입을 틀어막았던 손을 때어내고는 제니퍼를 풀어주었다.

비틀거리면서도 스즈의 도움을 받아 다시 제대로 서며 균형을 잡는 제니퍼.

'일단 한 고비 넘긴 건가?'

강혁은 드디어 진정한 의미로써의 안도를 머금었다.

어쨌든 모두가 들키지 않고 지면까지 접어든 것이다.

'그나저나… 방금 그 움직임… 뭐였지?'

안도를 삼키며 강혁은 마치 그림자처럼 일행의 후미에 몸을 숨기고 있는 스즈의 모습을 쳐다봤다.

분명 방금 전에 보여준 그녀의 움직임은 일반인의 것이라고는 할 수 없는 것이 때문이었다.

빠르면서도 최적화되어있는 효율적인 움직임.

'…전문적인 훈련을 받은 움직임이었어.'

그리고 보면 스즈에 대해서만 제대로 아는 것이 없다는 생각이 들었다.

올가도, 제니퍼도, 에밀리도 모두 자신이 태어난 시기와 더불어 나이와 전에 하던 일이 뭐였는지까지 밝혔었는데 말이다.

스즈에 대해서는 알고 있는 바가 없었다.

모두가 미주알고주알 알아서 떠들어주었기 때문일까?

그런 정보들이 무척이나 중요한 것들이라는 걸 누구보다 잘 알고 있으면서도 정작 입을 다물고 있던 스즈에 대해서는 일말의 궁금증조차도 갖지 않았었다.

"!"

가리워진 머리칼의 사이로 시선이 마주치자 흠칫 놀라며 고개를 내리는 스즈.

그런 그녀의 모습이 수상함을 한층 더 키워주는 느낌이었지만… 아쉽게도 지금은 그에 대해 고민하고 있을 틈이 없었다.

"움직이자."

방금 전에 새어나간 소리들 때문인지 시체괴물들이 은근히 철조망 쪽을 향해 몰려들고 있었기 때문이었다.

강혁은 곧장 다시 앞장서며 오르막으로 이어지는 레일을 걸어 올라가기 시작했다.

"……"

강혁과 스즈의 사이에 돌던 잠깐의 위화감이 사라지고 일행은 다시 움직여가기 시작했다.

❖

"휴우⋯."

무사히 목표한 지점까지 도달한 강혁은 그제야 소리 내어 안도의 한숨을 내쉬었다.

이제 무사히 줄을 타고 내려가서 관리동이 있는 건물로 들어서기만 하면 되었다.

전화위복이라고 해야 할까?

아까 전 사고로 번질 뻔 했던 신음성의 효과로 인해 시체 인간들이 그쪽으로 다 몰려버린 덕분에 이쪽의 지상은 비교적 한산한 편이었다.

'관리동 건물까지의 거리도 그다지 멀지 않고 말이지.'

철조망의 밖으로 유려하게 꺾어들며 이어지는 롤러코스터의 레일은 관리동 건물과 불과 10미터 정도 밖에는 떨어져 있지 않았다.

즉, 이대로 지상으로 내려가서 순간적으로 달음박질을 치면 곧장 닿을 수 있을만한 거리라는 뜻이다.

"좋군."

강혁은 흡족한 미소를 머금으며 곧장 줄의 한쪽 끝을 레일의 고리 끝에 단단하게 엮었다.

줄은 지면까지 닿기에는 마땅치 않은 높이였지만 남겨진 높이 1미터 정도야 어느 정도 감수할 만 하리라.

"내가 먼저 갈게. 나머지도 바로 바로 따라와."

지시를 내린 강혁은 곧장 줄을 타고 아래로 향했다.

타닥—

최대한 소리를 죽인 가벼운 착지음이 고요하게 울려 퍼진다. 드문드문 선 채로 서성대고 있는 시체 인간들은 아직 이쪽에 대해서 전혀 눈치 채지 못한 듯한 모습.

"……!"

강혁은 자세를 낮춘 채 그림자처럼 이동해 근처에 있던 시체 괴물의 등 뒤를 점했다.

그리고…

푸욱—

시체 괴물의 뒤통수로 단검의 칼날이 깊숙이 파고들어가 헤집었다.

강혁은 나무토막처럼 굳어져서 허물어지는 시체 괴물의 몸뚱이를 조용히 내려놓으며 다시 근처로 옮겨가 제거 작업을 계속했다.

푹— 푸각—

푸그윽—

애초부터 둔한데다가 인지능력도 뛰어난 편이 아닌 시체 괴물들은 강혁의 존재에 대해 전혀 알아채지 못했다.

그렇게 강혁이 근처의 시체인간들을 하나 둘씩 죽여

나가는 동안 올가를 선두로 한 탈락자들 역시도 모두 지면에 무사히 도달한 모습이었다.

"후우…."

그 짧은 순간 만에 강혁이 소리 없이 처치한 시체인간들의 숫자는 무려 13구.

이제 관리동 건물의 앞쪽 공터는 진정한 의미의 '시체'만이 남겨져 있었다.

"좋아. 이대로 간다. 긴장 풀지 마."

"네."

"명심할게요."

올가들에게 주의를 주며 강혁은 다시금 앞장서서 걸어가기 시작했다.

다행스럽게도 아직까지 그 괴물이 재차 등장할 것 같은 기미는 보이지 않았다.

'왠지 너무 쉬운 것 같긴 하지만……'

강혁은 불길한 행운(?)에 불안해하며 신경을 바짝 곤두세웠다.

"……."

그러나 걱정하던 일은 발생하지 않았다.

강혁을 비롯한 일행 모두가 반파되어 삐걱거리고 있던 관리동 건물의 입구로 완전히 들어설 때까지도 괴물은 다시 그 모습을 드러내 보이지 않았다.

'뭐지? 이벤트 몹 같은 거였나?'

문득 강혁의 머릿속으로 그런 생각이 스쳐지나갈 쯔음.

덜컥―

끼이이이…

관리동 건물의 한쪽 끝에 닫혀져 있던 문이 저절로 열리며 을씨년스러운 소리와 함께 그 너머의 시커먼 공간을 드러낸다.

마치 이리로 오라는 초대의 메시지를 보내고 있는 듯한 노골적인 신호의 문 열림.

"불길한데…."

강혁은 고개를 저으면서도 양손에 각각 정글도와 단검을 소환해 움켜쥐었다.

문의 너머에서 무엇이 튀어나와도 즉각 대응할 수 있도록.

"…음!?"

천천히 열려진 문 쪽을 향해 다가가던 강혁은 순간 벙찐 표정을 지을 수밖에 없었다.

열려진 문의 너머가 지하로 향하는 계단이 연결되어 있기 때문이 아니었다.

[이 문으로 들어서면 필드 시나리오 2단계를 클리어하게 됩니다. 지금 클리어 하시겠습니까? (YES or NO)]

생각지도 못한 지문을 담은 메시지창이 코앞으로 선명히 떠올라 선택을 강요해왔기 때문이었다.

'…진짠가?'

메시지를 보자마자 그런 생각이 가장 먼저 떠올랐지만 강혁은 이내 고개를 저으며 문을 향해 다가갔다. 어찌됐건 시나리오를 끝낼 수 있다는데 굳이 망설일 이유는 없지 않겠는가.

"모두 이리로 와."

탈락자들에게 가볍게 지시를 내리며 문고리를 잡는다. 그리고는 힘 있게 그것을 돌려 문을 밀어 젖히는 순간이었다.

끼이이…

을씨년스러운 경첩소리와 함께 눈앞으로 밝은 빛이 쏟아진다. 눈을 찌푸리기도 전에 시야 전체가 밝게 차오르며 의식이 서서히 흐려진다.

'정말로 끝이었나 보네.'

벌써 몇 번이나 겪어보았던 감각에 익숙함과 친근함마저 느끼며 강혁은 의식적으로 눈을 감았다.

그리고는 바닥 깊은 곳으로 꺼져가는 듯한 의식에 적응하며 침전해가고 있을 때였다.

"킥킥킥킥킥킥킥…!"

신경을 거스르는 누군가의 웃음소리.

광기와 환희가 섞인 듯한 웃음소리가 신경을 긁어왔다.

'음?'

강혁은 생각했다. 웃음소리에서 묻어나는 목소리가 묘하게 익숙한 것 같다고.

그리고 그것을 인식하기 시작한 순간!

"!"

강혁은 마치 의자에 앉은 채 뒤로 넘어지기라도 한 것처럼 가슴이 철렁~ 하고 떨어져 내리는 듯한 감각에 화들짝 놀라 눈을 떴다.

"…뭐?"

눈을 뜨자마자 가장 먼저 비추어진 것은 흐릿하던 시력이 일시에 회복되기라도 한 것처럼 밝아진 배경이었다.

밝은 배경의 아래로는 영화 속에 나오는 귀족가의 연회장을 연상케하는 넓은 홀과 그 중앙을 잇는 계단이 자리하고 있다.

절대로 현실의 모습과는 관련이 없는 이질적인 장면.

하지만 강혁이 놀란 것은 갑작스럽게 맞이하게 된 장소의 이질적인 분위기 때문만은 아니었다.

"반갑습니다."

좌우로 꺾여 드는 계단의 중앙부 위로.

오연히 서서 과장스런 제스처를 인사를 해 보이는 남자.

"여기까지 오시느라 고생이 많으셨군요."

일견 젠틀해 보이는 듯 하면서도 묘하게 서늘한 느낌이 드는 말투를 구사하는 남자는 1800년대 후반 미국에서 유행하던 느낌의 양복에 중절모를 쓰고 있었다.

존재 자체가 불길해보이고 바라보는 것만으로도 뒷덜미가 서늘해지는 것만 같이 섬뜩한 기운을 머금고 있는 남자.

강혁은 그를 보자마자 확신했다.

"허먼 웹스터…!"

그가 바로 이곳 살인의 성의 주체가 되는 미국 최초의 연쇄 살인마 허먼이라는 사실을 말이다.

"오! 그 전부터 눈치 채고 있긴 했습니다만… 역시 절 알고 계셨군요? 킥킥, 하긴 제가 좀 유명인이긴 하죠? 무려 미국 최초의 연쇄 살인범이니까 말입니다. 쿡쿡쿡쿡."

허먼은 뭐가 그리 재밌는지 입 꼬리를 길게 말아 올리며 연신 웃음을 터뜨렸다.

강혁은 본능적으로 달아오르는 불쾌감에 눈썹을 찌푸리며 무언가 쏘아붙이다가 그냥 입을 다물었다.

'미치광이 살인광 놈한테 무슨 대화가 통하겠어.'

굳이 확인해보지 않아도 알 수 있었다. 살아왔던 시대의 차이가 있을 뿐이지 머리가 아주 돌아버려서 살인이나 고통 같은 것 따위에 집착하는 미친놈들은 사혁이었던 시절에도 꽤나 많이 상대해본 경험이 있기 때문이었다.

쫘악!

강혁은 말없이 양손으로 정글도와 단검을 소환해 움켜쥐었다.

'말이 통하지 않는 놈들에게는 대대로 이게 답이었으니까!'

대체 어째서 시나리오 클리어를 했는데도 현실로 돌아가지 않고 이곳에 오게 된 건지. 방금 전까지 뒤를 따르고 있던 탈락자들은 어디로 사라진 건지.

"후우…"

의문점은 수없이 많았지만 강혁은 그것들을 모두 일시에 머릿속에서 지워내 버렸다.

모든 것이 명확한 지금의 상황에서 생각이라는 것은 오히려 사치니까.

"오우! 그런 시선이라니… 정말이지 너무나도 오랜만에 받아보는 종류의 시선이라 아주 신선하기까지 한데요?"

허먼은 무언의 협박에도 불구하고 여유로운 태도였다.

일말의 조롱기까지 섞여있는 그의 말에 강혁은 무심한 얼굴로 답했다.

"조금 있으면 더 신선해질 거야."

"……?"

"곧 그 목이 따일 테니까."

그 말을 끝으로 강혁은 즉시 자세를 낮추며 쇄도했다.

총과 같이 편리한 무기가 있지 않고서야 이런 찰나의 기습 따위로는 효과를 보기가 어렵겠지만 단지 그것만으로도 의미는 있었다.

상대가 급변하는 상황에 빠르게 대처하지 못하는 그 시간만큼 강혁은 아무런 방해도 없이 무난하게 그만큼의 거리를 좁힐 수 있게 되기 때문이었다.

타앗!

순식간에 5미터 정도의 거리를 좁힌 강혁은 그대로 지면을 박차며 계단 위쪽의 허먼에게로 뛰어올랐다.

허먼은 흠칫 놀란 표정이었지만 본래의 자세 그대로 아

직 별다른 대응을 하지 못하고 있는 상태.

'우선은 한 방이다.'

강혁은 망설임 없이 다가들어 길게 정글도를 휘둘렀다.

쉬익!

날카로운 파공성과 함께 투박한 정글도의 칼날이 반월을 그리며 흐릿한 잔상을 남긴다.

마치 교본에 나오는 것처럼 깔끔하고 효율적인 경로의 검격이었다.

"으왓! 갑자기 칼질이라니… 너무한 것 아닙니까?"

그러나 허먼은 어렵지 않게 검격의 경로에서 벗어나며 너스레를 떨었다.

"하마터면 모자가 벗겨질 뻔 했잖아요. 쿡쿡쿡."

"왜? 탈모라도 있나보지?"

강혁은 유연하게 답하며 곧장 연격을 이어갔다.

스아악! 샤악!

아래로 늘어뜨리고 있던 단검을 비스듬히 쳐올리며 휘둘러져나갔던 정글도의 방향을 비틀어 허먼의 미간을 사선으로 그어내린다.

그러나 이번에도 허먼은 어렵지 않게 강혁의 공격들을 피해내며 떠들어댔다.

"어이쿠! 그러니까 너무 서두르고 계시다니까요? 일단은 대화부터 하죠. 서로 같은 문명인답게 말이죠!"

"생각해보지."

"아, 그러니까 일단 멈춰보시라니까!"

대답과는 달리 집요하게 이어지는 연격에 허먼은 드디어 짜증섞인 표정을 지어보였다.

하지만 그런다고 해서 공격을 멈출리 만무.

스카악-!

마치 처음부터 합이라도 맞춘 것처럼 이리저리 잘 피해내고 있던 허먼 역시도 점차 움직임이 거칠어지기 시작했다.

공격을 거듭할수록 검격의 날카로움이 강해지며 더욱더 치밀하고 효과적인 경로로 날아들고 있었기 때문이었다.

'뒤로 두 걸음. 그런 다음에는 회피인가.'

멈추지 않고 정글도를 휘두르고 단검을 찔러 넣으면서도 강혁은 매서운 눈으로 허먼의 움직임을 쫓았다.

분석하고 있는 것이다. 반복되는 상황 속에서 도출되는 상대의 반응은 곧 데이터로 전환되어 '패턴'이라는 형태로 정립되게 되기 마련이니까.

아무렇게나 마구잡이로 휘둘러대는 것 같아도 지금 강혁은 철저하게 계산된 경로 안에서 허먼의 움직임을 유도하고 그에 따른 반응을 분석하고 있는 중이었다.

'생각보다는 날쌔지만… 결국에는 이 정도로군.'

몇 번의 유도 끝에 결국 허먼의 움직임에서 보이는 대강의 패턴을 읽어낸 강혁은 곧장 움직임을 달리하기 시작했다.

전투의 리듬을 바꾸고 예측된 움직임을 더 빨라진 속도로 밀어 넣으며 약점을 파기 시작하는 것이다.

"자, 잠깐… 일단 말 좀……!"

단번에 혼란스러워진 몸놀림이 형편없이 비틀되며 뒤로 밀리기 시작한다.

그런 와중에도 허먼은 별다른 반격을 하지 않고서 연신 입만 놀리고 있었지만 그 표정은 눈에 띄게 일그러져 있었다.

"그만 하라… 헉!"

쉬이익!

답답한 듯 외치는 허먼의 모습에 강혁은 순간적으로 대쉬하며 단검을 깊숙이 찔러 넣었다.

그리고… 처음으로 단검의 칼날이 핏물을 머금었다.

푸싯-

"이런 제기랄!"

움직임을 예측하여 찔러 넣은 공격에도 불구하고 허먼은 공격을 잘 피해냈지만 검격에 서려있는 예기만큼은 피해낼 수 없었던 것이다.

날카롭게 가공된 예기가 허먼의 볼을 가르며 새빨간 실선을 그어냈다.

전체적으로 보자면 볼의 겉면만이 살짝 베인 정도의 가벼운 상처에 불과했지만 강혁은 만족에 찬 미소를 머금었다.

비틀거리는 와중에도 끝까지 사수하며 붙잡고 있던 중절모가 단검에 찢어진 채로 바닥을 나뒹굴고 있었기 때문이었다. 그리고 모자를 잃어버린 허먼은 산발이 된 머리를 한 채 사나운 시선으로 강혁을 쏘아보고 있었다.

시선만으로 사람을 죽일 수 있다면 아마 지금 당장 대학살이 벌어졌어도 이상하지 않을 만큼 살기가 등등한 표정.

하지만 그럼에도 허먼은 별달리 손을 쓰지 않고서 볼을 타고 흘러내리는 핏물을 스윽 닦아낼 뿐이었다.

"……"

강혁은 의식적으로 한 걸음 물러나 허먼의 반응을 살폈다.

그가 뿜어낸 살기가 마치 보이지 않는 어떠한 막을 형성하기라도 한 것처럼 한순간 무거워진 공기가 주변을 짓눌러왔기 때문이었다.

무방비로 서있는 그의 목줄을 따는 것쯤이야 손바닥을 뒤집는 것보다 쉬워보였지만 강혁은 오히려 한걸음 더 거리를 벌렸다.

"……."

"……."

잠시간의 침묵이 이어지고.

굳게 닫힌 채 이를 갈고 있던 허먼의 입이 다시금 열렸다.

"…눈치는 있군요. 한발자국만 더 다가왔어도 갈기갈기 찢어서 죽여 버렸을 텐데 말이죠."

어느새 검붉은 색의 불길한 기류를 머금기 시작한 안광을 드러낸 채로 허먼은 씹어 삼키듯 말했다.

"주인님의 명이시니 한번만 더 말하죠. 그러니까 예의를 지키세요. 만약 한번만 더 건방진 태도를 취한다면 저도 더 이상은 참아줄 수가 없을 테니까요."

"……."

"당신에게 거부할 수 없는 제안을 하죠. 원래는 하나하나 친절하게 설명을 해줄 작정이었지만… 하는 것을 보아하니 굳이 그런 예의까지 차릴 필요는 없을 것 같군요."

거기까지 말한 뒤 허먼은 화를 삭이듯 크게 심호흡을 하는가 싶더니 재차 말을 이었다.

"그러니 잘 들어요. 조건은 간단해요. 저를 따라 발케스님의 '사도'가 되던가 아니면 죽던가. 어때요? 간단하죠? 쿠쿡."

굳어진 강혁의 표정이 마음이 들었던 걸까? 어느새 회복된 볼의 남아있던 핏물의 잔재를 완전히 닦아내며 허먼은 다시금 기분 나쁜 웃음을 머금었다.

그런 그의 모습에 강혁은 잠시 생각하다가 말했다.

"사도?"

"그래. 대악마이신 발케스님을 모시는 영광스러운 존재가 되는 일이다!"

"……악마와 미치광이 연쇄 살인마라… 정말이지 아주 잘 어울리는 조합이군 그래."

"칭찬 감사하네."

조롱하는 말에도 허먼은 오히려 기쁜 듯한 모습이었다.

진심으로 빠져있는 광신도와도 같은 모습.

'뭐… 틀린 예시는 아니겠지.'

그의 말이 사실이라면 허먼은 악마를 따르는 하수인 같은 존재였으며, 그로인해 어떠한 힘 같은 것을 받은 모양이니까.

망설임 없이 밀어붙일 수 있던 조금 전까지와는 달리 지금 눈앞에 있는 허먼의 모습은 분명 이전과는 다른 존재감을 뿜어내고 있었다.

마치…

'마치 카론을 마주했을 때처럼.'

묶여서 신음하던 카론이 아니라 해골 기사가 되어버린 카론을 마주했을 때 말이다.

정글도를 쥔 손에 힘을 더하며 강혁은 마른 침을 삼켰다.

'과연 싸우면 승산이 있을까?'

어느새 솟아난 긴장감이 뜨겁게 달아오르던 핏물을 차갑게 식힌다.

"……."

거만하게 내려다보는 허먼의 시선을 똑바로 쳐다보며 빠르게 주변의 구조들을 곁눈질로 훑어낸 강혁은 이내 정글도를 쥐고 있던 손에 힘을 풀었다.

그러자 힘없이 떨어져 내리며 바닥으로 향하는 검극.

마치 포기한 것만 같은 강혁의 모습에 허먼의 얼굴로 의기양양한 미소가 차오른다.

그런 허먼을 보며 강혁은 나지막한 목소리로 말했다.

"두 가지… 질문이 있다."

톱스타의 필드

hell is coming

chapter 5. 악마를 상대하는 법

Hell is coming

chapter 5. 악마를 상대하는 법

처음부터 생각해두었던 질문이었다.

첫 번째는 대체 올가를 비롯한 탈락자들은 어디로 사라졌는가 하는 것.

"아, 그녀들이라면 걱정하지 않으셔도 됩니다. 멈춰있는 시간 속에서 무슨 일이 벌어지고 있는지도 모른 채 굳어져 있을 테니까요."

그 건에 대해서 허먼은 의외로 순순히 대답해주었다.

처음부터 그녀들은 별로 중요하지 않았던 걸까?

"흐음."

강혁은 왠지 모르게 입맛이 쓴 것을 느끼며 두 번째의 질문을 던졌다.

"그럼 두 번째 질문."

"네. 얼마든지 물어보시죠."

"사도가 되면 무적이 될 수 있나?"

"…무적 말인가요?"

허먼은 애매하다는 표정이었다. 일견 이해를 하지 못하는 것처럼도 보이는 그의 표정에 강혁은 설명하듯 덧붙였다.

"살인마들의 경우는 죽지 않으니까."

"아! 그런 이야기였군요."

허먼은 그제야 이해했다는 듯이 말을 늘어놓기 시작했다.

"확실히 살인마들의 경우는 죽지 않죠. 그런 의미에서는 무적이라고 할 수도 있겠습니다만… 그게 정말로 강혁님이 원하시는 겁니까?"

"…글쎄."

"유능하신 분인 것 같으니 어느 정도 눈치는 채고 계시 겠지만… 살인마라는 것들은 결국 임무에 실패한 패배자들 이 변한 모습에 불과해요."

역시 그랬나? 허먼은 어렴풋이나마 생각하고 있던 가정 에 대해 확신을 심어주고 있었다.

강혁과 같은 플레이어들은 계속해서 생존미션을 받게 되 고 그 과정에서 실패하게 되면 살인마가 되는 것이다.

"물론 살인마도 아무나 되는 건 아닙니다. 살인마라고 변 환된 녀석이 비실비실해서야 수지타산이 맞지 않으니까요.

나름의 기준이 있죠."

"누적된 생존 점수 같은 것 말인가?"

"정답! 역시 감이 좋은데요?"

무기를 늘어뜨리고 기세마저 풀어버렸기 때문일까.

허먼은 이미 강혁이 한팀이 되기라도 한 것처럼 친절하게 설명을 읊어주고 있었다.

"즉, 강혁님이 구해서 여태까지 동행했던 그녀들은 그 최소한의 기준조차 만족시키지 못한 실패자 중에 실패자들이었다는 뜻이죠."

"…내가 헛수고를 했다는 말인가?"

"바로 그겁니다! 생존자들을 4명이나 구해서 여기까지 한 명도 죽이지 않은 채 찾아온 재지는 인정합니다만… 실은 처음부터 그런 고생을 할 필요는 없었다는 거죠. 그녀들은 어차피 소모품에 불과할 뿐이니까요."

거기까지 말한 뒤 분위기를 전환하듯 잠시 헛기침을 하던 허먼은 이내 두 팔을 활짝 벌리며 설교하듯 말했다.

"흠흠, 그러니까… 지금 강혁님은 무척이나 좋은 기회를 받은 겁니다. 영광스러운 기회죠. 저 역시도 족히 100년 동안은 허드렛일을 하고 나서야 발케스님을 모실 수 있었는데… 강혁님은 그분께서 직접 지목하신 겁니다."

"아아~ 이 얼마나 감격스러운 제안입니까. 만약 대상이 저였다면… 아아 지금쯤 다리가 후들거려 주저앉았을지도 모르겠군요. 큭큭큭."

자신이 하는 말이 스스로 도취되어 버린 건지 허먼은 숨도 쉬지 않고서 속사포처럼 발케스라는 악마에 대한 찬양의 말을 쏟아냈다.

그가 그러고 있는 사이 강혁은 생각을 정리하고 있었다.

놈이 경솔하게 떠들어준 덕분에 꽤나 많은 것들을 알 수 있었으니까.

'일단 첫 번째로 놈은 나에게 대해 쉽사리 공격적인 태도를 취할 수가 없다. 저렇게나 찬양하는 악마 놈이 나를 탐내고 있다고 했으니까.'

무려 대 악마씩이나 되는 존재가 탐내고 있다니… 이걸 과연 좋아해야 하는 건지 싫어해야 하는 건지 모르겠다.

'두 번째로는 놈이 거짓말을 하고 있다는 점.'

살아생전에 연쇄살인마로써의 업 외에도 잘나가는 사기꾼이었던 만큼 허먼은 꽤나 능숙하게 표정을 관리하고 반응을 지워냈지만 강혁의 눈썰미를 피할 수는 없었다.

'탈락자들이 쓸모없다는 대목이었지.'

허먼은 일관적으로 올가들에 대해서 쓸모없는 존재이며 보호할 가치도 없는 소모품에 불과할 뿐이라고 설파했지만 그것을 말하는 동안 보인 미세한 눈의 흔들림을 강혁은 놓치지 않았다.

'그럼 정리해보자면… 탈락자들의 존재는 어쩌면 생존의 키워드가 될 수 있는 중요한 존재일 수도 있다. 그리고 어느 정도의 한도 선까지는 좀 더 과감히 움직여도 된다… 인가?'

생각을 정리해낸 강혁은 날카로운 시선으로 허먼을 비롯한 주변의 구조물들을 좀 더 자세히 훑어냈다.

"아, 이것 참. 내 정신 좀 봐. 발케스님의 이야기만 나오면 이렇게 흥분해버려서는 저도 참 극성이네요. 크크큭."

한참 흥분해서 찬양을 쏟아내던 허먼은 이제 조금은 안정된 것 같은 기색이었다.

'그럼 슬슬 매듭을 지어야겠지.'

강혁은 허먼을 똑바로 쳐다보며 말했다.

"아직 질문에 제대로 답하지 않았어."

"네? 그게 무슨⋯."

"사도가 되면 죽지 않을 수 있냐고 물었다."

"아⋯ 그런 거라면 우선 아니다. 라고 대답해드려야겠군요. 언데드가 되어버린 살인마들과는 달리 사도는 마력을 직접적으로 다룰 수 있는 존재가 되는 거니까요."

"마력이 곧 생명력이다 이건가?"

"네. 그 말이 정확하겠군요. 그러니까⋯ 바꿔 말하자면 마력이 끊어지지만 않는다면 목숨 역시도 끊어지지 않는다고 봐야겠죠?"

"조건부 무적이로군."

"그렇죠."

허먼은 흐뭇하게 고개를 끄덕였다.

세세한 설명을 하지 않아도 속속들이 알아차리는 강혁과의 대화가 못내 즐거운 모양.

하지만 강혁은 마주 웃어주는 대신 늘어뜨리고 있던 정글도를 쥔 손아귀에 다시금 힘을 더했다.

"…음?"

검을 움켜쥔 것만으로 자연스럽게 묻어나는 기운의 변화에 민감하게 반응하며 표정을 굳히는 허먼.

강혁은 비웃음과도 같은 미소를 지어보이며 말했다.

"설명은 잘 들었어. 그러니까 이제……."

말이 이어져감에 따라 사람 좋게 웃고 있던 허먼의 얼굴이 빠르게 굳어지며 살기어린 표정이 들어선다. 강혁은 도발하듯 정글도의 칼날을 가슴께까지 들어 올리며 말을 이었다.

"…죽을 시간이다."

그 말을 끝으로 강혁은 곧장 지면을 박찼다.

파앗!

이미 충분히 긴장시켜두고 있던 근육들이 기민하게 반응하며 폭발적으로 강혁의 신형을 밀어낸다.

"이런 어리석은!"

허먼은 일갈과 함께 재빨리 공격의 범위에서 벗어났다.

대쉬와 동시에 깊숙이 밀어낸 검격이었지만 허먼은 손쉽게 백스텝을 밟으며 검격의 범위 밖까지 물러나는 모습이었다.

하지만 강혁은 낙심하지 않았다. 처음부터 그가 노린 것은 정면에서의 직접적인 공격이 아니었으니까.

"끝내 지옥을 보고 싶다면 어쩔 수 없지. 영겁의 고통 속에서 헤매도록 만들어주마!"

허먼은 처음으로 공격적인 태도를 드러내며 양팔을 좌우로 길게 펼쳤다.

찌지직—

소매가 찢겨지며 그 안에서 모습을 드러내 보이는 것은 이전보다 족히 두 배는 굵어진 손목과 그 끝으로 이어진 칼날 같은 손톱이었다.

마치 영화 속에 나오는 가위손의 모습을 그로테스크하게 재구성한 것만 같은 모습.

그것만으로도 허먼의 존재감이 족히 두 배는 더 커진 것만 같은 압박이 전해져 왔지만 강혁은 오히려 그의 품으로 뛰어들 듯 지면을 박차며 다가섰다.

말했듯이….

쉬이익—!

처음부터 목표는 정면에서의 공격이 아니었으니까.

파공성과 함께 머리를 향해 날아드는 손톱 공격을 스치듯 지나쳐가며 강혁은 그 사이의 틈으로 정글도를 밀어 넣어 비틀었다.

별다른 의미가 있는 건 아니었다.

이건 단지 시선 끌기용일 뿐이니까.

"죽여… 컥!?"

푸욱!

지나쳐가는 강혁의 등판을 향해 손톱을 내리그으려던 허먼의 몸이 일시에 경직되며 신음성이 울려 퍼졌다.

소리 없이 대기를 가르며 날아든 단검이 정확히 허먼의 목덜미를 향해 박혀 들었기 때문이었다.

아무리 민첩한 허먼이라고 해도 처음부터 인지범위의 밖에 있던 곳에서 날아든 공격에는 무력할 수밖에 없었다.

바로 지금의 한 수를 위해서 일부로 단검을 지워냈기 때문이었다.

마치 항복이라도 한 것 같은 태도를 보여주며 정글도를 힘없이 늘어뜨리고, 그곳에 시선이 쏠리는 틈을 타서 단검을 집어넣는척하며 염력을 사용해 허먼의 시야 밖으로 은밀히 빼돌려 놓았었다.

'좋군!'

허먼이 허우적거리는 사이에 공격 범위를 벗어난 강혁은 그대로 그를 지나쳐 계단 위쪽을 향해 내달렸다.

"네, 네놈 어딜 가는 것이냐!"

왠지 당황한 기색의 역력한 표정으로 허먼이 칼날 손톱을 뻗어왔지만 그것은 허망하게 허공만을 가를 뿐이었다.

하지만 목덜미에 깊숙하게 단검이 꽂혀 있는 상태임에도 불구하고 당연하다는 듯이 살아 움직이고 있는 모습을 보면 역시 괴물은 괴물이다.

'사도라니….'

사실 지금의 시점에서 허먼이 지닌 능력이 어떤 것인지에 대해서는 알 수 있는 방법이 없었다.

하지만 강혁은 꽤나 자신 있게 움직이고 있었다.

참으로 오랜만에, 여태껏 그를 지탱해주었던 중추라고도 할 수 있는 감각인 '촉' 이 그 모습을 다시 드러냈기 때문이었다.

'좀 더 확실해졌군.'

눈에 띄게 당황하는 허먼의 모습에 강혁은 계단을 오르는 발걸음에 속도를 더했다.

마치 계단을 지키고 있기라도 한 것처럼 중앙부에 서있는 모습을 볼 때부터.

묘하게 대비되는 구조물들이 일정한 간격으로 자리 잡고 있는 모습을 확인한 순간부터.

'뭔가 구린 냄새가 났었지.'

강혁은 촉이 솟구쳐 오르는 것을 느꼈다.

계단 위의 구조물들은 분명 허먼의 약점과 관련이 있다.

그리고… 그것은 아마도.

'탈락자들과 관련이 있겠지.'

허먼이 말하는 것과 달리 탈락자들의 생존 여부는 꽤나 중요한 가치임이 틀림없었다.

그러지 않고서야 첫 번째 시나리오 클리어의 점수 집계의 대상으로 생존자들의 숫자가 떠올라 있진 않았을 테니까 말이다.

"바로 여기!"

계단을 올라 강혁이 도달한 장소는 벽면에 매달려 있는 염소머리 장식의 앞이었다.

귀족적인 분위기에 어울리는 그림이나 갑옷 장식품 따위가 아니라 좀 더 투박함이 묻어나는 염소 머리 박제 장식이 있는 장소.

"네놈! 서, 설마!"

검은색의 털갈기가 생동감을 드러내고 있는 염소 머리 장식은 일반적인 그것과는 확연히 다른 부분이 있었다.

이마에 커다란 보라색의 자수정 같은 것이 박혀 있었던 것이다.

우우웅─

요사스러운 색채를 띠고 있는 보라색의 수정은 강혁이 다가서자 은은한 공명음을 내며 부르르 떨었다.

'역시나!'

강혁은 회심의 미소를 머금으며 정글도를 치켜들었다.

그리고….

"안 돼엣!"

절규와도 같은 허면의 외침이 울려퍼지는 것과 동시에 있는 힘껏 수정을 향해 검격을 휘둘렀다.

카차앙!

투박하면서도 예리한 정글도의 칼날에 뭉개지며 산산이 부서지는 보라색의 수정.

번쩍─

일순 수정 속에서 휘돌고 있던 빛무리가 뿜어져 나오며 박살난 수정 조각들이 더 작은 알갱이로 화해 모래처럼 부서지며 흩어졌다.

즈으으응—

동시에 반발력처럼 밀어내는 역장이 염소 머리 장식을 중심으로 주변의 공간 자체를 밀어낸다.

그리고…

그 안에서 모습을 드러낸 것은.

"빙고."

예상했던 데로의 모습이었다.

"허억!"

막혀있던 숨을 토해내며 그대로 무너지는 자세.

하지만 용케 균형을 되찾으며 신형을 바로 한다.

"…강혁 님?"

지워져 있던 존재들 중 제일 먼저 그 모습을 다시 드러내 보인 것은 다름 아닌 에밀리였다.

허먼에 의해 의도적으로 지워지고 숨겨지고 있던 탈락자들 중의 첫 번째 해방자로써 그녀가 깨어난 것이다.

그녀의 스킬은 신체 강화.

지금의 상황에서 나쁜 선택지는 아니었다.

"무기 쓸 수 있지?"

"에… 아, 넵!"

에밀리는 아직 정신을 완전히 다 차리지 못한 듯 혼란

스러운 와중에도 곧잘 대답했다.

"그럼 당장 꺼내. 그리고 저기 반대편 복도의 염소머리
로 달려가. 그런 다음엔……."

"보석을 부셔버릴게요."

"좋아."

"오케이. 고!"

짤막한 대화만으로 모든 상황을 공유한 강혁은 에밀리의
등을 떠미는 것과 동시에 그녀의 반대편 방향을 향해 있는
힘껏 튀어나갔다.

"크아아아! 이 빌어먹을 새끼가—!"

발걸음을 내딛는 것과 동시에 들려오는 절규.

힐끔 고개를 돌려 확인하자 격노한 얼굴로 계단을 뛰어
오르고 있는 허먼의 모습이 보였다. 조금 전보다 더 흉악해
진 모습으로 말이다.

'과연… 효과가 있군.'

허먼의 얼굴을 확인한 강혁은 낮게 고개를 끄덕였다.

염소 머리 조각상의 수정을 깨뜨린 효과가 생각보다 훨
씬 더 빠르고 직관적인 형태로 그 모습을 드러내 보이고 있
었기 때문이었다.

칼날 같은 모습으로 변한 손톱을 제외하면 비교적 평범
한 모습을 하고 있던 허먼의 모습은 이제 꽤나 그로테스크
한 모습으로 변해있었다.

얼굴 곳곳이 균열이라도 간 것처럼 이리저리 갈라져서

붉은 피막을 드러내 보이고 있었던 것이다. 수정이 깨어진 것으로 직접적인 데미지라도 받은 것 같은 모습이었다.

콰드드드—!

신경질적으로 휘두른 칼날 손톱에 계단을 잇는 난간이 맥없이 부서지며 튀어오른다.

그 사이에 근처에 있던 다른 염소 머리 장식의 앞까지 도달한 강혁은 망설임 없이 곧장 정글도를 휘둘렀다.

카차앙—

"안돼에엣!"

허먼의 절규와 함께 수정이 간직하고 있던 빛을 일시에 뿜어내며 산산이 부서져 흩어진다.

반대편으로 내달았던 에밀리가 또 하나의 수정구를 파괴한 것은 그와 거의 동시에.

"끄아아아악!"

허먼은 이제 아예 주저앉아서 끔찍한 고통의 비명을 내지르고 있었다.

역시… 수정구들은 탈락자들을 가두고 숨기는 용도 외에도 허먼 그 자체와 연결된 부분이 있었던 것이다.

"어? 여, 여긴?"

"흐어억!"

에밀리의 뒤를 이어서 그 모습을 드러낸 것은 올가와 제니퍼였다.

올가는 졸다가 깨어난 사람처럼 어리둥절한 표정이었으

며, 제니퍼의 경우는 가위에 눌리다가 깬 것처럼 거친 숨을 토하며 하얗게 질린 얼굴을 하고 있었다.

둘만을 놓고 비교해보자면 무척이나 대조적인 반응. 하지만 그런 차이에도 불구하고 두 사람은 금세 현재의 상황에 적응했다.

별달리 설명을 할 필요도 없었다. 눈앞에는 무기를 든 강혁과 에밀리의 모습이 있었으며, 계단 쪽에는 이제 완전한 혈인이 된 채로 비명을 질러대고 있는 허먼의 모습이 비치고 있었으니까.

"크아아아! 카흑, 끄하아악!"

허먼은 이제는 아예 바닥에 얼굴을 처박은 채로 꿈틀대고 있었다. 그렇게라도 하지 않으면 버티지 못할만큼 심각한 상태가 되어있었기 때문이었다.

갈라져있던 피부는 완전히 벌어져 얼굴을 비롯한 피부층 전체를 붉은색의 피막으로 뒤바꾸었으며 묘하게 커진 덩치에 따라 찢어진 옷들의 사이로 베어나는 핏물은 그를 혈인으로 만드는 것으로도 모자라 바닥으로 흥건하게 흘러내려 짙은 피의 웅덩이마저 만들어가고 있었다.

'좀 과도하게 효과가 있는 것 아닌가?'

마치 금방이라도 죽어버릴 것만 같은 모습이었다.

살짝 건드리기만 해도 숨을 거둘 것만 같은 그의 모습에 강혁은 의아한 감정이 들었지만 금세 그런 생각을 떨쳐버렸다.

어찌됐건 유리한 상황이라면 그것을 놓치지 않는 것이 최선의 선택이라 생각했기 때문이었다.

'어차피 이제 남아있는 수정구는 하나 뿐.'

정확히는 계단과 이어져 있지 않는 천장에 매달린 염소 머리 장식에 이마에 박혀있는 수정구뿐이었다.

여태까지 지나쳐왔던 장식들과는 달리 그 크기가 2배는 되어 보이는 염소 머리 장식.

그 이마에 박혀있는 수정구의 크기는 족히 3배는 커보였으며 그 색깔 역시도 일반적인 보라색이 아닌 짙은 핏빛의 기류를 머금은 채 빛나고 있었다.

'저것만 부수면 끝이다!'

강혁은 확신과도 같은 생각을 품으며 그대로 뛰어올라 마치 곡예를 하듯 좁은 난간을 타고 내달리기 시작했다.

"크하악! 그, 그만… 안 돼! 더 이상은 안 된단 말이다 앗−!"

허먼의 이목구비의 형태가 완전히 뭉개져버린 얼굴을 들 어올리며 애원하는 것과도 같은 절규를 내질러왔지만 강혁 은 아랑곳하지 않고 내달려 그대로 도약했다.

가벼운 부유감과 함께 천장에 매달린 샹들리에를 향해 일직선으로 나아가는 신형.

차르르르−

샹들리에를 붙잡으며 매달리자 유리장식들이 서로 부딪 히며 시끄러운 소음을 만들어낸다.

동시에 샹들리에 역시도 금방이라도 떨어져 내릴 것처럼 심하게 흔들렸지만 강혁은 눈썹하나 까딱하지 않고 오히려 더 크게 반동을 줘 샹들리에를 흔들었다.

"크흑, 거기는 안 된다! 네놈도 죽게 될 거란 말이다!"

피부층이 완전히 흘러내려 튀어나온 눈알을 덜렁거리며 허먼이 다시 한 번 외쳤지만 그 사이 이미 강혁은 샹들리에를 발판삼아 두 번째의 도약을 하고 있었다.

목표는 천장에 매달린 커다란 염소 머리 장식.

촤라라락—

또 한 번 시끄러운 샹들리에의 유리장식 소리들이 울리며 강혁의 신형이 허공을 날아 정확히 염소 머리 장식을 향해 날아들었다.

"안돼에에엣—!"

그에 맞추어 울려 퍼지는 절규.

강혁은 그대로 날아 염소 머리 장식의 뿔을 붙잡고 매달렸다.

그리고….

"끝이다!"

강혁은 일갈과 함께 수정구를 향해 있는 힘껏 정글도를 내리찍었다.

콰직!

둔탁한 파열음과 함께 수정구 위로 박혀 들어가는 칼날.

하지만 수정구는 파괴되지 않은 채 미세한 금만을 새기고 있었다.

'역시 마지막이라 한 번 만에 부서지진 않는다는 건가?'

'…그렇다면 몇 번이고 두들겨주면 될 뿐이다!'

빠르게 스쳐가는 생각 속에 강혁은 회수한 정글도를 다시금 들어 올렸다. 그리고는 재차 온 힘을 다한 일격을 내리꽂으려는 순간이었다.

쩌저저적…

귓가로 선명히 새겨지는 균열음.

"!?"

그리고 바로 다음 순간이었다.

키이이이잉-!

번- 쩌억-!

"크하아악!"

순간적으로 수백 수천 개의 균열을 새겨내던 수정구가 눈이 멀어버릴 것만 같은 빛 무리와 함께 폭발하며 비산했다.

폭발에 범위에 휘말린 강혁은 내장이 통째로 뒤흔들리는 것과 같은 충격과 함께 튕겨내졌다.

'큭, 젠장!'

한순간의 방심으로 일시적인 시야의 차단과 내상까지 함께 입어버린 것이다.

그나마 찰나의 순간 몸을 빼며 방어를 했기에 망정이지 만약 무방비한 상태로 파편을 받았더라면 그대로 즉사해도 이상하지 않을 만큼 파괴적인 위력을 담은 폭발이었다.

"꺅! 강혁 님!"

"위험해요!"

에밀리와 올가가 비명 섞인 외침을 토했다.

하지만 강혁은 힘없이 떨어져 내리는 낙하감에도 불구하고 냉정하게 스스로의 상태를 관조하고 있었다.

시각을 잃고 부상까지 입은 상태였지만, 반대로 말하면 고작해야 시각 하나만을 잃고 가벼운 부상 정도만을 입은 상태였기 때문이었다.

'이런 경험 따위는 신물이 날 정도로 많으니까.'

과거 사혁이었을 때 맡았던 임무들 중에는 무장한 군대를 상대하는 임무도 있었다.

그런 그에게 일시적인 시각 상실이나 중경상 정도에 해당하는 수준의 부상은 그리 대단한 일이 아니었던 것.

모든 상황을 완벽하게 통제할 수 없는 난전 중에는 섬광탄을 맞거나 총알이 허벅지나 어깨를 관통하는 일도 왕왕 벌어지곤 했기 때문이었다.

'음, 좋아. 균형감각은 멀쩡한 것 같고… 밀려난 거리와 낙하 시간을 고려하면… 지금쯤이군!'

강혁은 허공에서 몸을 말아 그대로 회전한 뒤 체조 선수만큼이나 깔끔한 자세로 지상에 착지했다.

높은 곳에서 떨어져 내린 탓에 발목이 찌르르 울리긴 했지만 발이 닿는 즉시 앞으로 굴러 충격을 완화했기에 뼈가

상한다던가 하는 불상사가 벌어지지는 않았다.

"괜찮아요!?"

"강혁 님!"

지면을 구른 뒤 그대로 일어서자 계단 위쪽으로부터 올가들이 뛰어내려왔다.

계단의 연결부에는 여전히 허먼이 존재하고 있었지만 그녀들은 거침이 없었다.

뿜어진 최초의 빛을 바로 코앞에서 맞은 강혁과는 달리 분산된 빛 무리를 맞이한 세 사람은 시야가 빨리 회복이 되었고 때문에 알 수 있었던 것이다.

이유는 알 수 없었지만 고통에 신음하던 허먼이 이제는 완전히 침묵해버렸다는 사실을 말이다.

"후욱… 쿨럭!"

기침을 토하며 겨우 균형을 잡고서는 강혁의 모습에 올가와 에밀리가 양옆으로 다가서며 부축해주었다.

제니퍼의 경우는 두 사람처럼 가깝게 다가서지는 않았지만 어물쩡하게나마 서서 걱정에 찬 시선을 건네는 모습이었다.

'후우… 끝난 건가?'

부축을 받고 한동안 서있자 강혁은 뿌옇던 시야가 조금씩 회복되고 어지러움 증 역시도 함께 사라져가는 것을 느낄 수 있었다.

흐릿한 시야를 내려 몸의 상태를 확인하자 과연 엉망진창이었다.

빠르게 대응한 탓에 눈이나 입 등의 민감한 부위들은 막아낼 수 있었지만 그것을 지켜내기 위해 내밀었던 팔뚝을 비롯한 상체는 대부분이 파편에 휩쓸려 피투성이가 되어 있었던 것이다.

"뭐, 그래도 이 정도면 괜찮은 편이군."

"…네?"

의아한 표정으로 물어오는 올가의 말을 무시한 채로 강혁은 이제 완전히 회복된 시야로 허먼의 상태를 살폈다.

허먼은 이제 피투성이가 되다 못해 아예 인간이라고도 할 수 없는 고깃덩이 그 자체가 되어버린 모습이었다.

올가들이 판단했던 그대로 허먼은 정말 죽어버린 것이다.

무려 악마의 사도라는 이름을 듣고 나온 적의 최후치고는 어이가 없을 만큼 허무한 결말이었다.

'고작 수정구 4개에 끝장이라니…….'

강혁은 낮게 혀를 찼다. 그리고는 무심코 시선을 돌려 또다시 구해낸 탈락자들의 모습을 확인하려할 때였다.

'…음!?'

묘한 이질감과 함께 불안함에 가까운 감각이 발끝을 타고 차오른다.

분명 있어야만 할 무언가가 존재하지 않았기 때문이었다.

"…스즈."

"네?"

"스즈는 어디 있지?"

"앗, 그러고 보니……."

강혁의 말에 나머지 세 사람 역시도 그제야 눈치 채고는 주변을 훑기 시작했다. 그러나 연회장의 어디를 둘러봐도 스즈의 모습은 보이지 않았다.

어떻게 된 걸까? 다른 세 사람과는 달리 스즈의 경우는 수정구를 깨뜨리는 게 구출할 수 있는 방법이 아니었던 걸까?

"……."

새롭게 맞이한 상황에 머릿속으로 수많은 생각과 가정들이 휘도는 사이 차오르는 불안한 감각에 강혁은 즉시 손을 뻗어 제니퍼를 끌어당겼다.

"이리와."

"에? 저요? 왜… 흐읍!?"

제니퍼를 끌어당기자마자 강혁이 행한 행동은 바로 키스를 하는 것이었다. 이제 와서 그녀의 매력에 빠져 욕구를 주체하지 못했다던가 하는 이유는 절대로 아니었다.

'불길해…!'

13일의 금요일 영화의 마지막 장면처럼 무언가 아직 끝나지 않은 것 같은 불길하기 그지없는 공기가 좀 전부터 주변을 휘돌고 있다는 것을 알아차렸기 때문이었다.

"흐읍, 쯔읍, 하우웅…."

입술을 겹치고 혓바닥을 뻗어 휘감아가며 강혁은 낮게 속삭였다.

스킬을 사용하라고.

제니퍼의 스킬은 상처분담.

본인의 생명력과 바꾸어 맞닿은 대상의 상처를 치유할 수 있는 스킬로써 제대로 효과를 보려면 최소한 키스 정도의 피부접촉을 해야만 한다는 단점이 있는 기술이었지만, 빠른 회복 속도와 스킬 사용의 대가로 고작 '피로' 정도의 대가만 얻는다는 점을 고려해보면 썩 나쁜 스킬은 아니었다.

스으으으…

키스를 하며 타액을 섞고 혀를 얽어 가면 갈수록 울렁거리던 속이 편해지고 파편에 찢겨진 피부들이 새살과 함께 박혀든 조각들을 밀어내는 것이 느껴진다.

시간이 지날수록 제니퍼의 안색은 조금씩 안 좋아지고 있었지만 그럼에도 그녀는 혼신을 다해 스킬을 사용해주고 있었다.

"츄읍, 흡, 조금… 조금만 더… 하우웅…!"

아마 그녀 역시도 느꼈기 때문이리라.

아직 악몽은 끝이 나지 않았다는 것을.

끼기긱, 끼긱-

끼이이이익-

그리고….

늘 그러하듯 불길한 예감은 빗나가는 법이 없었다.

"…젠장."

돌연 울려 퍼지는 소음.

손톱을 세워 칠판을 긁어내는 것과 같은 기분 나쁜 소음에 반사적으로 입술을 때어낸 강혁은 그대로 욕설을 머금고 말았다.

고깃덩이로 변했던 허먼의 시체로부터 살점과 뒤섞인 핏물이 소용돌이처럼 휘돌며 허공을 향해 뭉클거리며 솟구쳐 오르고 있었기 때문이었다.

슈르르르르…

허공에서 커다란 구의 형태로 뭉쳐지던 핏물이 이내 어떠한 형태를 갖추어가기 시작했다.

4방향으로 뻗은 팔 다리와 그것을 지탱하는 몸통의 형태.

그것은 흡사 평범한 사람의 모습과 닮아 있었다.

하지만 다음순간 강혁은 자신의 생각이 틀렸음을 깨달았다. 뭉클거리며 솟아오른 핏물이 머리의 형태를 만들어냈기 때문이었다.

언 뜻 봐도 3미터는 되어 보이는 신체의 위로 만들어진 머리의 형태.

그것은 다름 아닌 염소 머리 장식의 그것과 똑같은 형태를 취하고 있었다.

그리고 핏물이 흩어지며 그것이 실체화된 모습으로 변하는 순간 강혁은 재차 욕설을 머금을 수밖에 없었다.

"…미치겠군."

염소 머리에 근육질의 상체, 거기에 역관절로 꺾여있는 거친 흑색 털의 다리와 그 끝으로 연결된 채 이어지는 발굽까지.

그것은 마치 옛날 서양 판타지 서적에 나오는 악마의 모습을 그대로 형상화한 것과 같은 모습이었다.

쿠웅─

허공에서 그 모습을 완성시킨 '악마'가 중력에 이끌려 바닥을 향해 떨어져 내린다.

단지 그것만으로도 주변의 모든 것을 압도시킬 수 있을 만큼 섬뜩한 기세가 섞인 박력감이 강혁을 향해 짓쳐 들어왔다.

그리고….

마침내 놈의 시선이 강혁에게로 향한 순간!

"고오오오오─!"

포효와 함께 놈의 신형이 포탄처럼 빠르게 짓쳐들었다.

꽈앙!

충격을 채 인식하기도 전에 커다란 굉음이 울리며 강혁의 신형이 튕겨져 날아간다.

"꺄아악!"

"강혁님!"

마치 종잇조각이라도 된 것처럼 맥없이 구겨져 날아가는 모습에 올가들이 일제히 비명을 질렀다.

그만큼이나 나타난 괴물의 움직임은 파괴적이었으며, 그에 휘말려 볼품없이 날아가고 있는 강혁의 모습은 심각해 보였기 때문이었다.

하지만 표면적으로 보이는 모습과는 달리 강혁은 사실 꽤나 멀쩡한 상태였다.

완전히 멀쩡하다고 할 수는 없었지만 말이다.

'젠장, 왼팔 전체가 마비 된 것 같군.'

튕겨져 날아가며 강혁은 낮게 이를 갈았다.

강혁은 코앞으로 날아드는 무언가를 인식하자마자 반사적으로 시미터를 들어 방어 자세를 취했다.

그와 동시에 밀려날 것을 대비해 검면의 위로 어깨까지 붙여 넣었지만 충격을 완전히 해소해내지 못한 것이다.

'부딪히는 순간에 뛰어오르지 않았더라면 그대로 피 떡이 됐을지도 모르겠군.'

공격이 부딪히는 순간 강혁은 전해지는 충격이 예상의 범위를 벗어났다는 것을 인지했고 그 즉시 지면을 딛고 있던 발바닥에 힘을 풀고 밀리듯 뛰어올랐다.

그것이 바로 지금 인간 포탄이라도 된 것처럼 맥없이 튕겨져 날아가게 된 이유인 것이다.

'하지만 이래서야 다음번이 문제로군.'

힘의 흐름에 몸을 맡긴 채 날아가던 강혁은 등 뒤로 벽이 가까워지는 것이 느껴지자 즉각 몸을 말아 빙그르르 제비를 돌며 몸을 반대로 뒤집었다.

그리고는 당연하다는 듯이 와닿는 발바닥으로 벽면을 박차며 허공으로 뛰어오르는 것이다.

"고오오!"

콰드드드—

뛰어 오르자마자 악마의 손톱이 벽면을 통째로 허물며 박혀 들어간다.

단 1초라도 늦었더라면 그대로 벽에 처박혀서 고깃덩이가 되고 말았을 터.

강혁은 새삼스럽게 아찔한 기분이 드는 것을 느끼며 아직 균형을 다 회복하지 못한 악마의 어깨를 밟고는 뛰어오르듯 2층의 난간을 향해 몸을 던졌다.

"크와악!"

어깨로부터 느껴지는 감각에 악마가 파리라도 쫓듯 거칠게 팔을 휘둘렀지만 강혁의 신형은 이미 난간을 밟고 2층 공간의 안쪽까지 들어선 상태였다.

그런 모습이 악마의 화를 부추긴 것일까.

"고오오오—!"

붉은색의 안광이 빛나는 흑색의 염소머리가 하늘을 보며 크게 울부짖었다.

"하아… 제길."

강혁은 낮게 혀를 찼다. 찌릿찌릿하게 전해져오는 그 기세만으로도 놈의 위험성도가 한층 더 상승했다는 것을 알 수 있었기 때문이었다.

'그나마 다행인건 놈이 나만 보고 있다는 점인가?'

바로 근처에 손만 휘두르면 손쉽게 피 떡으로 만들어버릴 수 있는 올가들을 두고서도 악마는 오로지 강혁만을 의식하며 쫓고 있었다.

'이 상황을 이용할 수 있을까?'

난간의 끝에 서서 발광하는 악마를 내려다보며 강혁은 머리를 굴리기 시작했다.

방금 한 번의 부딪힘만으로도 놈과 정면으로 붙어서는 전혀 승산이 없다는 것을 확인할 수 있었기 때문이었다.

'하지만 결코 쓰러뜨릴 수 없는 건 아닐 거야. 아마도.'

확신까지는 할 수 없었지만 강혁은 분명 그렇게 생각했다.

적어도 여태까지 겪어왔던 시련들은 모두 어떤 방식으로든 공략해서 나아갈 수 있는 길이 다 있었으니까.

'분명 이번에도 방법이 있을 거야!'

지금 강혁에게 중요한 것은 바로 그 '공략법'을 찾아내는 것이었다.

강혁의 시선이 악마의 신형을 비롯한 시선과 감각이 닿는 모든 범위의 사물과 현상들을 살피기 시작했다.

'염소 머리 장식? 아니, 그건 이미 놈을 저 꼴로 만드는 데 썼지. 그러니까 저건 아닐 거야. 그렇다면……'

"크아아아!"

"이크!"

강혁이 머리를 굴리고 있는 사이 악마는 흉성을 드러내며 뛰어올라 2층 난간의 위로 단번에 뛰어 오르는 모습이었다.

악마는 난간에 매달리는 즉시 팔을 길게 휘둘러왔다.

날카로운 손톱이 강혁의 가슴께를 무참히 찢어발긴다.

찌이익—

"헉!"

아슬아슬하게 앞섬이 찢기는 정도만으로 공격을 회피해낸 강혁은 잠시 이어가던 사고의 확장을 멈추고는 눈앞의 악마를 응시했다.

'신장 차이에다가 압도적인 힘의 차이에 민첩성까지 뛰어나다니… 이건 완전 사기잖아!'

강혁이 속으로 한껏 소리를 내질렀다. 하지만 그런 속내의 외침과는 달리 강혁은 냉철하게 악마와의 거리를 재며 놈의 완전한 속도를 가늠하고 있었다.

'완력은 적어도 내 3배 이상, 속도는 2배 이상은 봐야하는 건가?'

강혁은 정글도를 늘어뜨린 채로 슬슬 감각이 돌아오고 있는 왼팔을 흐느적거리듯 털어냈다.

이것으로 이제 몸의 상태는 최소한 '정상'의 범주에는 가깝게 회복시킨 상태.

"크르르르…."

적어도 이제부터 몸을 '움직이는' 데에 제약은 없으리라.

"이제 남은 건… 그것뿐이겠지?"

넓은 2층의 공간을 한순간 좁게 만들며 웅크린 몸을 일으켜 세우는 악마의 모습을 보며 강혁은 손가락을 들어 빈 허공을 짚었다.

"고오오오!"

그와 동시에 괴성을 지르며 단숨에 10미터의 거리를 격해 다가와 손톱을 휘둘러 치는 악마.

그것은 조금 전보다도 족히 반 호흡 이상은 더 빨라진 움직임이었지만 악마의 손톱은 애꿎은 허공을 가르고 그 뒤편의 바닥만을 긁어냈을 뿐이었다.

콰드드드–

강혁의 신형은 이미 놈을 지나쳐 허벅지의 아래쪽으로 파고들고 있었기 때문이었다.

"흐읍!"

악마의 다리 사이를 지나쳐가며 강혁은 정글도를 양손으로 움켜쥔 채 있는 힘껏 검격을 휘둘렀다.

카가각!

그러나 정글도는 거친 털과 그 안에 자리한 피부의 표면만을 겨우 베어냈을 뿐이었다.

'역시 단단하군!'

살인마들의 그것처럼 강력한 반탄력 같은 것이 검날을 밀어내고 있었던 것이다.

"캬하아악!"

하지만 아예 충격이 없었던 것은 아닌지 악마가 고통에 찬 비명을 터뜨렸다.

동시에 발굽을 들어 강혁을 걷어차며 마구잡이로 손톱까지 휘둘러댔지만 그것은 빈 허공과 애먼 바닥을 쓸어낼 뿐이었다.

강혁은 이미 가볍게 움직여 놈의 범위 밖으로 완전히 벗어난 상태였다.

'이건… 확실히 체감이 있네.'

언젠가 중요한 순간을 위해 남겨두고 있던 10의 스텟 보너스 포인트. 그것을 모두 순발력에다 투자했기 때문이었다.

어차피 힘으로 답이 없는 상황이라면 차라리 속도전으로 가보자는 게 강혁의 생각이었다.

'아무리 강력한 무기라도 맞지 않으면 무소용이니까.'

언젠가 재밌게 본 적이 있던 만화의 인물 중 하나가 내뱉은 적이 있던 대사였다. 그리고 강혁은 그의 생각에 꽤나 공감하고 있었다.

'실전에서의 이야기는 조금 더 복잡하고 복합적인 과정이 들어가야 하지만 말이지.'

단지 상대보다 속도가 빠르다고 해서 반드시 우위를 점

할 수는 없다는 뜻이다.

일단 상대를 압도할 수 있는 속도를 지니기 이전에 상대의 움직임을 예측하고 그것을 거의 0(제로)에 가까운 반응 속도로 받아칠 수 있어야만 하는 것이다.

다행히도 강혁은 그것이 가능한 종류의 사람이고 말이다.

게다가,

'생각보다 더 효과가 좋았어.'

순발력 스텟의 상승은 단지 신체의 속도와 반사 신경을 올려주는 것만으로 그치지 않았다.

동공의 움직임을 활성화시켜 주어서 일시적으로나마 슬로우 모션의 세계에 들어서기라도 한 것처럼 찰나의 순간 마다 상대의 움직임을 끊어서 확인할 수 있게 된 것이다.

가뜩이나 단순하기 그지없는 악마의 움직임을 더 잘게 쪼개어 볼 수 있게 된 지금 악마의 공격은 더 이상 강혁에게 닿을 수 없었다.

'물론 그렇다고 해서 상황이 아주 낙관적으로 변했다고는 할 수 없지만.'

악마는 여전히 강대하고 흉포했으며, 방금 전 공격으로 느껴진 반발력으로 보건데 일반적인 방법으로 놈을 끝장내는 것은 무리였다.

'계속 피하기만 하다가는 결국 이쪽이 먼저 말라죽고 말 테고 말이지.'

악마가 스스로의 움직임에 균형을 잃고 허우적거리는 사이에 더 멀리 거리를 벌린 강혁은 난간을 딛고 반대편의 공간으로 나아가면서 아직 1층에 있는 올가들을 힐끗 쳐다봤다.

그녀들은 이 갑작스런 사태에 얼른 반응하지 못한 채로 발만 동동 구르고 있었는데 그 침착한 올가 역시도 지금의 상황에는 답이 나오질 않는 모양이었다.

언뜻 보기에는 지금의 상황에 전혀 도움이 될 것 같지 않는 모습들.

'하지만 해답은 분명 그녀들에게 있을 거야.'

생각 끝에 도달한 결론이었다.

지금껏 지나쳐온 여정 중에서 올가들의 존재는 항상 그 중요도의 비중이 높았었으니까.

물론 단순히 시나리오 2까지의 경로만을 되새겨보자면 그녀들과 함께 움직이는 것보다 차라리 혼자 움직였던 편이 더 낫지 않았을까 싶기도 했지만…….

'전투원으로써의 가치만이 가치인 건 아니니까.'

강혁이 생각하는 올가들의 존재가치는 키워드 그 자체였다.

그녀들의 존재는 분명 이 모든 시나리오의 진행과 관련이 있었다.

'……특히나 이번의 경우는 확실한 연관성을 가늠할 수 있고 말이야.'

올가들은 구해질 때마다 인간이었을 때의 허먼에게 유형화된 타격을 입히고 끝내 4번째의 수정구를 깨어냈을 때에는 그를 죽음에 이르게 만들었다.

거기에서 연상할 수 있는 가정은 바로 탈락자들 자체가 허먼의 생명력과 연관이 있다는 것.

강혁은 허먼과의 담화에서 들은 적 있던 '사도'라는 존재에 대한 정의를 떠올렸다.

'악마로부터 직접 힘을 받은 존재이며 마력을 기반으로 생명력을 유지할 수 있는 존재.'

그 말은 곧 마력이 공급될 수 있는 매개체만 있다면 어떠한 부상을 입더라도 즉시 회복할 수 있으며 마력이 꺼지지 않는 한은 지치지 않는 무한의 체력마저 소유할 수 있다는 뜻이었다.

'만약 허먼이 탈락자들을 마력 흡수의 매개체로 사용하고 있었다면?'

그렇다면 지금의 현상이 어느 정도는 설명이 된다.

딱 자신이 견딜 수 있는 정도만의 마력만을 뽑아 쓰고 있다가 네 사람이 한꺼번에 풀리며 그 마력이 폭주하면 이야기가 되는 것이다.

그 힘의 역류로 허먼은 악마의 힘을 받아들인 사도라는 존재에 가장 가까운 악마, 그러니까 지금의 모습으로 화했다.

결과적으로 인간이었을 때보다 더 강하고 빨라졌지만 '허먼'으로써의 의식 자체는 깊숙이 가라앉아 악마의 힘이 지닌 흉포함과 파괴성만이 남겨진 상태로 말이다.

아마도 네 사람이 건재하게 살아있는 이상 허먼이 변한 저 악마는 지치지 않고 계속해서 그 흉성을 뿜어낼 것임이 틀림 없었다.

'그렇다는 건… 결국 공략법은 저 세 사람을 죽이는 건가?'

언뜻 떠올려 보기에는 가장 쉬운 해법이었다. 마력의 매개체가 되는 존재들을 죽여 버린다면 반영구적인 무적 상태 역시도 사라지게 된다는 뜻이니까.

"쯧."

잠시 참살에 대한 선택을 고려하던 강혁은 이내 고개를 내저었다.

기껏 지금까지 살리기 위해 노력해온 대상들을 스스로의 손으로 죽이고 싶지 않다는 생각이 들기도 했지만, 그보다는 단지 내키지 않았기 때문이었다.

촉이 말하고 있었다.

탈락자들을 죽여서는 안 된다고.

'어차피 지금 보이는 건 3명뿐이고 말이지.'

분명 깨어낸 수정구는 4개이고, 허먼 역시도 총 4번의 충격을 받고 고깃덩이처럼 변했다가 저런 모습으로 화했었다.

하지만 그럼에도 불구하고 여전히 모습을 드러내고 있는 건 올가, 제니퍼, 에밀리 이 3명뿐인 것이다. 연회장 공간

어디를 둘러봐도 스즈의 모습은 흔적조차 찾을 수 없었다.

'결국 해법은 아직 모습을 드러내지 않는 스즈의 존재와 모습을 드러낸 세 명을 어떻게 활용하는가에 달려있겠군.'

"지금의 시점에서 가용한 건 후자 뿐."

허공을 도약하는 찰나의 순간 모든 생각들을 정리하고 우선순위에 대한 결론을 맺은 강혁은 피 웅덩이가 새겨진 계단 연결부에 아무렇게나 널브러져 있던 단검을 향해 손을 뻗어 염력을 가했다.

터업!

마치 고무줄이라도 매달린 것처럼 스스로 떠올라 날아드는 단검.

그것을 가볍게 낚아챈 강혁은 그대로 상체를 틀어 도약을 준비하고 있던 악마의 눈을 향해 단검을 정확히 쏘아냈다.

쐐애액– 카앙!

"크와악!"

단검은 악마의 눈은커녕 얼굴에 닿기도 전에 휘둘러진 손톱에 맥없이 튕겨져 날아갔다.

하지만,

실망할 이유는 없었다.

처음부터 단검은 악마의 움직임을 조금이라도 늦추기 위해 던져낸 것이기 때문이었다.

찰나의 시간을 번 강혁은 그대로 지면으로 내려서며 올가들에게 말했다.

"모두 전투 준비!"

"에?"

갑작스런 외침에 제니퍼가 정신을 못 차리고 얼빵한 얼굴로 되물어왔지만 올가와 에밀리는 빠르게 반응하며 즉각 눈을 빛냈다.

그에 강혁은 세 사람을 보며 능숙하게 지시를 내리기 시작했다.

"세 명 모두 적당히 거리를 벌린 상태에서 틈틈이 숏소드를 던져서 악마 놈의 움직임을 제한해줘. 그리고 올가는 놈의 약점을 감지해. 할 수 있지?"

"…물론이죠."

"노력할게요!"

"아, 알겠어!"

어설프게나마 지시상황이 이어지고 강혁은 곧장 지면을 박차며 1층 플로어의 바닥으로 내려서는 악마를 향해 달려들었다.

그와 동시에, 세 명의 신형 역시도 각자의 방향으로 펼쳐졌다.

키이이잉-

금속이 스치는 소리가 들리며 불꽃이 튀었다.

손톱과 칼날이 맞닿은 채 갈리며 불꽃이 일어난 것이었다.

"구오오오!"

"크읏!"

괴성과 함께 연이어 무지막지한 손톱을 휘둘러오는 악마를 올려다보며 강혁은 낮게 신음을 머금었다.

거의 완벽에 가까운 수준으로 공격을 흘려냈음에도 불구하고 해소되지 못한 충격이 오롯이 전해져왔던 것이다.

정글도를 움켜쥔 손아귀가 얼얼하고 그와 연결된 손목마저 아릿한 감각이 있을 정도로 대단한 힘이었다.

아마 저 힘으로 사람을 공격한다면 맨손으로 사지를 찢어발기는 것정도는 간단히 할 수 있겠지.

'하지만….'

하지만 강혁은 조금도 위축되지 않은 채 악마의 모습을 응시했다.

'…이 정도면 할만 해!'

확신이 들었기 때문이었다.

방금의 부딪힘으로 인해서 강혁은 확신했다.

어떤 방식으로든 악마의 공격을 버텨낼 수 있다는 것을.

키기기긱–

또 한 번의 부딪힘이 생기며 방향이 틀어진 손톱이 애먼 방향으로 튕겨져 날아간다.

동시에 손바닥과 손목으로 아릿한 통증이 전해져왔지만

강혁은 물러서지 않고 다가들어 악마의 허벅지를 향해 검격을 가했다.

푸그윽—

정글도의 검신은 역시나 악마의 단단한 피부층을 뚫어내지 못했다.

그저 자그마한 생채기만을 남겼을 뿐.

"캬하악!"

하지만 강혁은 만족에 찬 미소를 머금었다. 비록 치명상을 입히진 못할지언정 그것이 무효한 것은 아니기 때문이었다.

사람이 자그마한 바늘에 찔린 상처에도 아파하고 비명을 지르듯이 악마 역시도 허벅지에 새겨진 상처에 고통에 찬 비명을 내질렀다.

물론 그것은 곧 분노로 화하여 더 흉포하고 파괴적인 공격으로 돌아오게 되겠지만 강혁은 걱정하지 않았다.

"크왁!?"

카앙!

놈이 정신을 차리기도 전에 세 자루나 되는 숏소드가 놈의 머리를 향해 차례로 날아들고 있었으니까.

그 사이에 더 깊숙이 다가들어 허벅지의 새겨진 생채기를 향해 단검을 깊숙이 박아 넣은 강혁은 그대로 악마의 다리사이로 파고들어 반대편 다리의 발목으로 또 하나의 생채기를 새겨 넣었다.

"그오오오!"

악마가 고통과 분노에 찬 포효를 터뜨렸지만 소리를 지른다고 해서 달라지는 건 없었다.

첫 번째의 부딪힘부터 악마는 완전히 강혁의 흐름으로 말려들었기 때문이었다.

'애초부터 나의 역할은 시간을 끄는 것.'

강혁은 유려한 몸놀림으로 악마의 다리 사이를 오가며 거의 한 호흡마다 한번씩 검격을 뻗어냈다.

그럴 때마다 악마는 비명을 터뜨리며 악에 차서 손톱을 휘둘러왔지만 어정쩡한 자세에서 휘둘러진 공격들은 강혁이 지나간 자취만을 훑을 뿐이었다.

'이건 꽤나 성공적이군.'

강혁은 회심의 미소를 머금었다.

3미터나 되는 신장에 완력이나 속도마저 압도적인 스펙을 지닌 대상을 '묶어둔다.' 라는 계획이 잘 먹혀들어가 주고 있었기 때문이었다.

최초의 일격을 통해 악마의 자리를 지정하고, 두 번째의 부딪힘으로 그 위치를 확정시킨다.

그 사이에 공격을 성공시켜 화를 돋구어낸 뒤에는 회피에 집중하며 틈이 나는 데로 계속된 공격을 박아 넣는다.

물론 단지 그것만으로는 악마를 쓰러뜨릴 수도 없을 뿐더러 여차하면 그 자리를 벗어난 악마가 상식을 불허한 수준의 괴이한 공격을 가해올 수도 있었지만 그 역시도 대응책은 있었다.

"에밀리, 검 회수할 준비해!"

"네!"

올가들에게 부탁하여 던지게 만든 숏소드들.

그것은 본래 잠깐의 시선을 끄는 정도의 용도 외에는 어떠한 필요성도 찾을 수 없는 형편없는 공격들이었지만, 거기에 염력이 가해지자 전혀 새로운 형태의 공격으로 변해버렸다.

카앙! 키이잉!

"크와아악!"

튕겨난 검들이 우회하여 다시 악마의 미간으로 날아들고 휘둘러진 손톱을 아슬아슬하게 스치며 파고든 검신이 끝내 악마의 얼굴 위로 자그마한 생채기를 새겨 넣는 것이다.

물론 염력에는 한계점이 있었으며 아무리 강혁이라도 해도 회피기동을 하며 3개나 되는 숏소드를 제어하는 것은 불가능에 가까웠지만 강혁은 그것을 무척이나 잘 해내고 있었다.

처음부터 숏소드들의 제어를 완벽하게 하고 있지 않기 때문이었다.

실제로 강혁이 제어하는 것은 기껏해야 한자루 정도의 숏소드 밖에는 없었다.

나머지 두 자루의 숏소드들은 단지 방향을 비틀어 힘을 실어주는 정도 외에는 사용하고 있지 않은 것이다.

마치 저글링을 하는 것처럼, 강혁은 때때로 염력을 통해

제어하는 숏소드의 대상을 바꾸어가며 집요하게 악마의 움직임을 제한하고 있었다.

가끔씩 악마의 매서운 반격에 튕겨져 제어의 범위를 벗어나는 검들도 있었지만 그 역시도 문제는 없었다.

"다음 공격 준비됐어요!"

"3초 뒤에 후방으로!"

"넵!"

미리 대기하고 있던 올가들이 검을 회수하여 다시금 숏소드를 던져주기 때문이었다.

'마치 건담에 나오는 뉴타입이 된 기분이군.'

건담이라는 애니메이션에 나오는 인간을 초월한 신인류에 가까운 천재.

무협지로 따지면 한 번에 두 가지의 생각을 할 수 있다는 이원심공을 익히기라도 한 것처럼 강혁은 능숙하게 검들을 제어해 악마의 움직임을 완벽하게 묶어두고 있었다.

이미 혼란의 범주에 들어선 악마는 그 자리를 벗어날 틈도 없이 날아드는 검을 튕겨내고 새겨지는 상처마다 분노를 터뜨리며 강혁을 향해 손톱을 휘둘러대는 것만으로도 정신이 없었다.

놈에게 이성이 없다는 것이 다행이었다.

만약 저기에 제대로 된 전투경험을 지닌 의식마저 존재하고 있었더라면 애초부터 이런 얕은 수작 따위는 걸려들지 않았을 것이었다.

"올가, 아직이야?"

"잠깐만… 조금만 더요. 거의 다 찾은 것 같아요!"

악마의 옆구리를 향해 휘둘러낸 검격과 함께 외친 물음에 올가가 약간 횡설수설하며 답했다.

스킬인 '약점감지'를 사용하기 위해 의식을 집중시키느라 제대로 된 대답을 하지 못하는 것이다.

'조금 더 시간이 필요하겠군.'

강혁은 고개를 끄덕이며 다시 악마를 몰아가는 것에 모든 정신을 집중시키기 시작했다.

완벽하게 묶어두고 있다곤 하지만 그렇다고 해서 상황이 만만한 상태라고는 할 수 없었기 때문이었다.

단 한 번의 방심, 단 한 번의 실수만으로 목숨을 잃게 될 수도 있었다.

그야말로 살얼음판 위를 걷는 것처럼 아찔한 상황!

하지만 강혁은 오히려 지금의 상황이 익숙하게 느껴졌다.

제자에게 배신을 당해 죽기 전에는 사실 일선에서는 물러나 있었던 은퇴 직전의 상황이나 마찬가지였었으니까.

그러니까 제대로 된 전투를 해본 것은 꽤나 오래전의 일이라는 뜻이다.

살인마들의 숲을 지나쳐올 때도, 그 끔찍한 지하 감옥을 빠져나올 때에도, 이런 아슬아슬한 전투를 치를만한 상황은 없었던 것이다.

'마치 고향에 온 것 같은 느낌이야.'

아이러니하게도 강혁은 이런 위태로운 상황이 오히려 기껍게 느껴졌다.

배우 강혁으로써의 자신이 아니라, 킬러 사혁으로써의 자신이 더 가깝게 떠오르고 있는 것이다.

그 때문일까? 몸을 움직여 가면 갈수록, 위태로운 상황을 겪으면 겪을수록 강혁의 입 꼬리는 점점 더 말려올라가고 있었다.

이 아슬아슬한 줄타기를, 머리털이 쭈뼛 설 만큼 섬뜩한 스릴을 즐기고 있는 것이다.

그야말로 전투의 무아지경!

피잇-

완전히 피해내지 못한 손톱의 예기가 귓등의 일부를 스치며 핏물이 튀어올랐다.

따끔한 통증이 뇌리로 전해져왔지만 오히려 강혁은 더 짙게 웃으며 맹렬히 정글도를 휘둘렀다.

스칵, 푸그극-

"크아아아-!"

부슬비에 옷이 젖는 줄 모른다고 했던가?

이제는 악마의 상태도 좋다고는 할 수 없었다.

작은 생채기들이 쌓이고 쌓여 이제는 커다란 상흔으로 변모했기 때문이었다.

상처로부터 흘러나온 검은색의 핏물이 그대로 흘러내려 털로 감싸여진 다리 전체를 축축하게 만들고 있었다.

"흐읍!"

하지만 역시 무리한 상황이 계속해서 이어지고 있기 때문일까?

강혁은 점차 호흡이 거칠어지는 것을 느꼈다.

'이대로면 좀 위험한데……'

이대로 가다보면 결국 쓰러지는 것은 강혁 쪽이 될 터.

"찾았어요!"

바로 그때, 올가가 희열에 찬 목소리로 외쳤다.

"겨드랑이 안쪽이에요. 왼쪽 겨드랑이 안쪽이 놈의 약점이에요!"

"잘했어!"

강혁은 칭찬의 말을 전한 뒤 곧장 뒤로 물러서 태세를 정비했다. 약점을 찾아낸 이상 전투의 방침 역시도 바꿀 필요가 있기 때문이었다.

'좋아. 이제부터 내 목표는… 격멸이다!'

강혁은 물러서서 악마의 상태를 다시금 점검했다.

현재 악마의 상태는 불과 5분 전에 비하면 꽤나 너덜너덜해진 상태였다.

검이 닿기 힘든 상체는 비교적 멀쩡한 편이었지만, 허벅지를 비롯한 배꼽 아래쪽의 하체는 전체적으로 검격이 새겨진 채 피투성이가 되어있었던 것이다.

특히나 초반에 비스듬히 박아 넣었던 단검은 격한 움직임에 흔들려 이제 손잡이마저 보이지 않을 깊숙이 놈의 살점에 박혀 들어간 채로 움직임을 방해하는 말뚝이 되어 있었다.

절뚝거리는 정도까지는 아니었지만 분명 다리를 움직일 때마다 조금씩 경련 같은 것을 보이고 있었던 것이다.

'좋군.'

강혁은 상황을 낙관했다.

애초부터 단순하기 그지없는 악마의 움직임 따위는 눈을 감고도 읽어낼 수 있을 만큼 익숙해진 상태였으며, 오랜만에 한계까지 깨어난 감각은 지금 당장에라도 피를 볼 수 있을 만큼 달아올라 있었기 때문이었다.

'그림은 그려졌다.'

찰나의 순간 강혁의 머릿속에서 다음 공격을 향한 시나리오가 만들어졌다.

그리고,

그것이 완성되는 것과 동시에,

"가볼까."

강혁은 빠르게 지면을 박찼다.

"고오오오!"

건방지게 정면으로 달려드는 강혁의 모습에 악마가 괴성을 지르며 손톱을 맹렬히 휘두른다.

하지만 고개를 숙여 1격 째를 피해내고, 비스듬히 정글도를 휘둘러 2격 째를 흘려내기까지 한 강혁은 속도를 줄이지 않고 그대로 악마의 아래로 파고들었다.

"크와악!"

악마는 분노하며 재차 아래를 향해 공격을 가하려 했지만 그 자체가 이미 함정이었다.

놈의 시선이 아래로 향하는 것과 동시에 허공을 유영하고 있던 세 자루의 숏소드들이 일시에 악마의 머리를 향해 떨어져 내렸기 때문이었다.

쐐기처럼 떨어져 내리는 숏소드들의 예기에 악마는 신경질적으로 팔을 휘둘러 검들을 모두 쳐냈다.

그냥 가만히 내버려둬도 염력은커녕 제대로 된 조준조차 되지 않은 검들은 단단한 악마의 몸 위로 생채기라도 할 수도 없는 작은 흔적들만을 남긴 채 맥없이 튕겨져 나갈 터였지만, 악마는 차마 공격을 무시하지 못했다.

그동안 집요하게 머리 근처를 돌며 눈이나 입안 등을 노려대던 전적들이 본능적인 방어 태세를 취하도록 만든 것이다.

'딱 좋군!'

그리고 그것은 강혁에게 완벽한 찬스를 만들어 주었다.

약점을 노리기 좋은 위치에 서는 것과 동시에 위쪽을 향해 팔을 휘두르기 위해 환하게 벌어지고만 겨드랑이 사이의 틈이 그 모습을 드러낸 것이다.

"하아앗!"

강혁은 드물게 기합을 내지르며 힘껏 지면을 박차고 뛰어올랐다.

목표는 악마의 왼쪽 겨드랑이 안쪽.

무방비하게 드러난 목표점이 가까워지는 모습에 강혁은

정글도의 칼끝이 위를 향하도록 손잡이를 고쳐 쥐었다.

그리고는 지점에 달하는 순간!

푸우우욱-

"캬하아아악!"

강혁은 겨드랑이 사이를 향해 정글도를 깊숙이 박아 넣었다. 신체의 다른 부분들과는 달리 손쉽게 살점이 갈라지며 검신이 박혀 들어간다.

푸그극-

그럼에도 촘촘하게 엉겨있는 근육층들이 반발력을 전해와 검신의 반밖에 파고들지 못했지만 상관없었다.

아직 공격은 끝난 게 아니었으니까.

외침과 함께 검을 놓아버린 강혁은 곡예를 하듯 허공에서 몸을 핑그르르 돌렸다.

그리고… 타점이 완전히 반대로 돌아서는 순간,

"끝이다!"

강혁은 악마의 겨드랑이 사이에 박혀든 정글도의 손잡이를 향해 있는 힘껏 발을 굴렀다.

푸가아악-!

"크헤에에엑!"

손잡이를 제외한 검신 전체가 악마의 몸 속 깊숙이 박혀들었다.

톱스타의 킬링필드

Hell is coming

chapter 6. 새로운 국면

Hell is coming

chapter 6. 새로운 국면

뚝!

일순 모든 것이 멈추었다.

흘러가던 공기도, 미친 듯이 휘몰아치던 광기의 바람도, 그것을 위태롭게 지켜보던 모든 이들의 시선까지도 한꺼번에 멎어버렸다.

"……."

마치 동영상 플레이어의 화면 멈춤 기능을 쓴 것처럼 정지해버린 공간에서 깨어있는 것은 오로지 강혁 뿐이었다.

그 어떤 방해도 없이 차분한 분위기 속에서 몸을 회전시켜 균형을 반전시킨 강혁은 그대로 고양처럼 조용히 착지했다.

고개를 들어 악마를 보자 고통에 차 비명을 내지르는 자세로 굳어져 있는 모습이 보인다.

겨드랑이에는 칼자루만이 남겨진 정글도가 깊숙이 박혀 들어가 있었다.

악마의 약점을 노려 일격을 가한다는 계획만을 놓고 보자면 완벽하게 성공한 모양새.

고통에 일그러져 있는 악마의 표정만 봐도 공격은 꽤나 성공적이었던 것처럼 보였다.

"끝인 건가."

아직 어떠한 확정적 메시지도 떠오르질 않았지만 강혁은 왠지 그런 기분이 들었다.

눈앞에 보이는 악마의 모습으로부터 어떠한 기척도 느껴지지 않았기 때문이었다.

단순히 누군가나 무언가가 움직일 때에 느껴지는 그런 느낌의 기척이 아니라 존재라면 자연스럽게 갖는 기본적인 생명력이나 기운 같은 것들이 전혀 느껴지지 않았다.

마치 무(無)의 상태로 돌아간 것만 같은 느낌.

'확실해. 놈은 죽었다.'

강혁은 확신했다.

악마는 분명 방금 전의 일격으로 죽었다.

그럼 지금 이 현상은 무엇일까?

갑자기 모든 것이 멈추어버리다니… 기이하기 그지없는 일이었다.

'이런 경우는 처음인데 말이지……'

시간이 멈춘 직후로부터 지금까지 흘러간 시간만 계산해 봐도 얼추 30초 이상.

미션이 주어지고 그것을 완수할 때마다 현기증과 함께 순간적으로 의식이 끊어졌다 이어진다든가, 아예 필름이 끊어지며 잠에서 깨어난다든가 하는 식으로 현장이 이어지는 경우라면 몇 번인가 겪어본 일이 있었지만, 이런 경우는 단연코 처음이었다.

"애매하군."

처음 맞이하는 상황이니만큼 대처할 수 있는 방법도 궁색해질 수밖에 없었다. 하지만 강혁은 이내 고민에서 깨어나 가벼운 발걸음을 내딛기 시작했다.

정확한 원인을 알 수는 없었지만 이런 현상이 발생한데에는 분명히 그에 맞는 이유가 있을 것이기 때문이었다.

'숨겨진 장치라도 찾아야 하는지도 모르지. 어쩌면 페이탈리티같은 게 필요한 걸지도 모르고.'

페이탈리티(Fatality)는 본래 사망자, 치사율, 피할 수 없는 운명 등의 여러 가지 의미로 쓰이는 뜻의 단어인데 게이머들 사이에서는 주로 '처형' 의 의미로 쓰이는 뜻이었다.

고전 격투 게임 중 하나인 모탈컴뱃에서 그로기 상태가 된 적을 잔인하게 끝장내는 시스템 그 자체가 바로 페이탈리티라고 부르기 때문이었다.

즉, 이 경우 HP는 0가 된 것처럼 보이지만 겉은 멀쩡해

보이는 것 같은 악마 놈에게 진정한 의미의 마지막 일격을 가해 박살내버리면 된다는 뜻이다.

'결국에는 전부 다 가정에 불과할 뿐이지만 말이지.'

하지만 어느 쪽이든 결국에는 시간문제라고 생각했기에 강혁은 한결 가벼운 마음으로 걸음을 내딛고 있었다.

악마를 비롯한 모든 것이 멈추어버린 이곳에서 이제 위협이 될 것은 없으리라 생각했었으니까.

"후우."

팽팽하게 유지시키고 있던 근육의 긴장마저 풀어버린 채로 강혁은 먼저 악마에게로 다가갔다.

가정 중 하나인 페이탈리티(처형)를 시험해보기 위해서였다.

강혁은 아무런 의심도 없이 악마의 곁으로 다가가 겨드랑이 사이에 박혀든 정글도의 손잡이를 향해 천천히 손을 뻗었다.

그리고….

바로 다음 순간이었다.

카앙!

날카롭게 울리는 쇳소리.

카가각−

"큭!"

이어서 칼날이 긁히는 소리와 함께 낮은 신음이 울린다.

"역시나."

그럴 줄 알았다는 듯이, 작게 한숨을 내쉬며 강혁은 고개를 내저었다.

그의 손에는 어느새 숏소드 한 자루가 쥐어져 있었다.

"…어떻게?"

낭패한 듯 흔들리는 목소리.

솟아나듯 갑자기 튀어나온 인영의 정체는 다름 아닌 스즈였다.

모든 수정이 파괴된 뒤에도 나타나지 않던 그녀가 마침내 그 모습을 드러내 보인 것이다.

그것도 상당히 기이한 모습을 한 상태로 말이다.

모든 것이 멎어버린 공간에서 강혁을 제외하면 유일하게 그 몸을 움직일 수 있는 존재, 스즈는 기억하고 있던 것과는 꽤나 달라진 모습이 되어 있었다.

인상이 가지는 분위기 같은 것을 떠나서 기본적인 외형부터가 상당부분 달라져 있었던 것이다.

우선적으로 검은색의 머리칼은 잿빛으로 변해있었으며, 지저분할 정도로 덥수룩하게 얼굴을 가리던 앞머리는 깔끔하게 뒤로 넘어가 그녀의 얼굴을 훤히 드러내 보이고 있었다.

그것만 해도 상당한 이미지 변화가 있었지만 당연하게도, 변화는 그것만으로 끝이 아니었다.

먼저 눈동자가 붉은빛으로 변해있었으며 그것이 희미한 빛까지 머금고 있었다.

거기에 흰히 드러난 이마와 양 볼로는 무언가 기하학적인 문양 같은 것이 새겨져 있었는데, 살갗을 후벼 파서 새긴 것 마냥 흉측해보였다.

알몸이 된 것처럼 보이는 그녀는 몸은 시체의 그것처럼 앙상하게 마른 채로 창백한 회색빛에 물들어있었는데 그 위로는 검은색의 기류 같은 것이 망토처럼 휘감겨 있었다.

어딜 봐도 평범한 인간이라고는 볼 수 없는 모습.

그런 그녀의 손에는 한 자루의 비수가 들려 있었는데, 칼날의 위로는 짙은 보라색의 기류가 맴돌고 있었다.

보기에 따라 망령의 얼굴처럼도 보이는 보라색의 기류는 연신 사이하게 일렁이며 요사스러운 기운을 뿌리고 있었다.

'마치 마녀 같은 모습이군.'

마녀라면 강혁 역시도 한번 만나본 경험이 있었다.

지하 감옥을 탈출할 때에 최후의 순간까지 나타나 죽음의 위기를 안겨주었던 끔찍한 존재가 아니던가.

아마 카론의 도움과 그가 전수해준 스킬이 없었더라면 아마 강혁은 그때에 죽었을 것이었다.

'하지만… 그때와 같은 위기감은 느껴지지 않아.'

존재 자체가 초월적인 것처럼 보이는 지하 감옥의 마녀와 비하자면 지금 눈앞에 보이는 스즈의 모습은 비교하기가 미안할 정도로 그 존재감이 크게 느껴지지 않았다.

이런 상황임에도 불구하고 단 한 점의 긴장감도 느껴지지 않을 정도로 말이다.

혼란스러운 표정을 한 스즈를 보며 강혁은 담담히 말했다.

"예상하고 있었으니까."

"…뭣?"

"이런 형태일 거라고는 생각하지 않았지만 기습이 있을 거라고는 생각하고 있었어. 그리고 대비하고 있었지."

"그럴 수가……."

스즈는 믿을 수 없다는 듯 고개를 내저었다.

강혁은 비웃듯 조소를 머금으며 말을 이었다.

"네가 나타나지 않은 그 순간부터 이미 의심의 씨앗은 심어진 거야. 다만 고민하긴 했지. 악마와 싸우고 있는 도중에 습격을 받기라도 하면 아무리 나라고 해도 결코 살아남을 수 없었을 테니까."

하지만 스즈는 격렬한 전투가 벌어지는 도중에는 그 모습을 드러내지 않았다.

방금 전의 등장을 고려해보자면 아마도 줄곧 강혁의 그림자 속에 숨어있었을 텐데도 전투의 와중에는 그 모습을 드러내지 못했던 것이다.

'그래. 못 했던 거겠지.'

이제는 명백하게 스즈를 향한 전투자세를 취하며 강혁은 계속해서 말을 이었다.

"물론 그에 대한 대비도 하긴 했지만 역시 불안정했거든. 하지만 넌 지금껏 침묵했고 이제서야 그 모습을 드러냈어."

"크윽…."

마녀와 같은 몰골을 한 채로 스즈는 분한 듯 이를 갈고 있었다.

"아마 못한 거겠지? 뭔가의 제약이 너의 움직임을 제한 했거나 허용되어야 하는 조건 같은 것이 있었을 거야."

거기까지 말하며 강혁은 숏소드를 길게 늘어뜨리며 자세를 낮추었다.

그리고….

"예를 들자면… 저기 저 악마 놈의 숨통이 끊어진 순간 이라던가!"

일갈과 함께 강혁의 신형이 스즈에게로 쇄도했다.

카아앙!

카강! 카가가각―

접근과 동시에 펼쳐진 검격이 연이어 막히며 날카로운 금속성이 요란하게 울려 퍼진다.

순발력 스텟을 투자한 강혁의 검격은 스스로도 놀랄 만큼 빠르고 치명적이었지만 스즈는 놀랍게도 그것들을 똑바로 보며 쳐내고 있었다.

하지만….

단지 그것만으로는 부족했다.

대인 전에서만큼은 최고 중의 최고라고도 할 수 있는 강혁을 상대로 단지 스펙만이 갖추어진 그녀가 할 수 있는 일은 겨우 휘몰아치는 공격을 막아내는 정도 밖에는 없었던 것이다.

"이익!"

발작적으로 뻗어낸 비수로부터 보라색 기류가 가시처럼 솟구치며 제법 위협적인 공격 패턴을 보이기도 했지만 역시나 강혁에게는 통하지 않았다.

대 악마 전에서의 사례에서도 알 수 있다시피…….

'맞지 않으면 소용이 없으니까.'

불과 10여초가 지나가기도 전에 강혁은 스즈를 쓰러지기 직전의 상태까지 몰아갔다.

그리고 마침내 몰아치는 공격에 발이 꼬이고 균형이 흐트러지는 순간!

카앙!

"아아악!"

회전력까지 더해 맹렬히 휘둘러진 참격에 스즈는 손목이 꺾이는 통증을 참지 못하고 비명과 함께 비수를 놓치고 말았다.

목숨 줄이라고도 할 수 있는 무기를 놓아버리고만 것이다.

하지만 그에 대한 생각을 할 틈도 없이 스즈는 발아래가 붕 뜨는 느낌을 받아야만 했다.

"컥!"

어느새 지근거리까지 다가온 강혁이 손이 그녀의 목을 움켜쥐는 것과 동시에 발아래를 힘껏 걷어찼기 때문이었다.

순간적으로 균형을 잃고 튀어 오른 육체는 강혁의 손에 쥐어진 채로 잠시 허공을 유영하다가 이내 바닥을 향해 빠르게 내리 꽂혔다.

꽈앙!

"캬하악!"

인정사정 봐주지 않는 손속에 스즈는 내장이 통째로 뒤흔들리는 듯한 고통에 시달려야 했다.

하지만 공격은 그것으로 끝이 아니었다.

"케흑!?"

진정한 의미의 페이탈리티(처형)를 집행해야만 하니까.

강혁은 바닥에 내동댕이쳐진 채 꿈틀대는 스즈의 가슴을 짓밟아 다시 바닥에 처박았다. 그리고는 숏소드를 쥔 손을 들어올렸다.

"끝이다."

순간 마주치는 시선.

바로 그때였다.

"히이익! 그, 그만! 살려주세요! 제발… 이제 다시는 죽고 싶지 않아요!"

스즈가 돌연 표정을 왈칵 일그러뜨리며 울음을 터뜨렸다.

방금 전까지의 표독스러운 얼굴은 떠올려볼 수도 없을 만큼 잔뜩 겁에 질린 표정으로 목숨을 구걸해오고 있었던 것이다.

"하아…."

그 한심한 몰골에 강혁은 자신도 모르게 한숨을 내쉬고 말았다.

이런 상황에까지 와서 방금 전까지 '적'이었던 대상에게 측은지심 같은 감정이 드는 것은 아니었다.

이유야 어찌됐건 그녀는 강혁을 공격했고 제대로 대처하지 못했다면 지금 땅바닥에 누워있는 건 그녀가 아니라 강혁이었을 테니까.

'다만 역시 뭔가 찝찝하단 말이지…….'

하지만 여기서 일격으로 모든 것을 끝장내기에는 무언가 풀지 못한 수수께끼가 남겨지는 듯한 기분이었다.

게임으로 따지자면 악마가 허먼 웹스터의 제 2형태인 진 보스일 테고, 스즈는 히든 보스급은 될 것이었다.

헌데 그런 비중과 비쥬얼을 지닌 존재를 상대한 것치고는 너무나도 손쉽게 제압한 감이 있었기 때문이었다.

물론 처음의 습격은 대처하지 않았더라면 강혁이라고 해도 목숨을 잃었을지도 모를만큼 위협적인 공격이긴 했지만… 그런 점을 고려해도 그녀는 너무나도 약했다.

이래서야 히든 보스는커녕 보너스 잡몹 수준이 아닌가.

"젠장."

결국 강혁은 처형을 집행하지 못했다.

들어 올렸던 팔을 내려 숏소드를 다시 똑바로 쥐었다.

그리고는 겁에 질려 울먹이고 있는 스즈의 목젖을 향해
차가운 칼날을 대며 말하는 것이다.

"조금 설명이 필요하겠군."

❖

"흐음…."

강혁은 무심코 한숨을 내쉬었다. 그리고는 겁먹은 눈으
로 이쪽의 눈치를 살피는 스즈를 본다.

그녀로부터 전해들은 이야기는 별로 대단치 않은 것이었
다. 그저 어느 정도 예상했던 사실관계를 증명했을 뿐이었
으니까.

탈락자들 모두가 사라졌던 당시에 스즈는 홀로 고문실
같은 곳으로 이동되었다고 했다. 그리고 지독한 고문을 당
하며 그녀는 선택을 강요받아야 했다.

'이대로 영원이 지옥의 고통을 받을 것인가, 아니면 악
마의 종이 될 것인가.'

결국 고통을 이겨내지 못한 스즈는 악마에게 종속되는
것을 선택했고 노예가 된 첫 번째의 명령으로 강혁을 암살
하라는 임무를 받았다.

수정을 깨뜨렸음에도 불구하고 모습을 드러내 보이지 않
았던 이유는 악마의 힘이 그녀를 옭아매고 있었기 때문.

악마의 종이 됨으로 인해 영혼을 저당 잡힌 그녀는 결국

명령을 따를 수밖에 없었고 부여받은 능력을 사용해 암살을 시도했지만 결국 실패했다.

별로 대단할 것도 없는 뻔하디 뻔한 이야기.

하지만 강혁은 거기에서 몇가지 사실들을 더 유추해낼 수 있었다.

'이 세계관의 주체는 악마가 아니다.'

만약 악마가 주체였다면 굳이 주변인을 종으로 만드느니 할 필요도 없이 직접 강림해서 관여하면 될 일이 아닌가.

그러나 허먼부터 스즈까지 철저하게 간접적인 방식으로만 관여하고 있었으며 실질적인 개입은 한 적이 없었다.

'그 말은 곧 이 세계관을 유지하는 시스템은 악마라는 존재보다 더 윗줄에 있다는 뜻이겠지.'

악마는 관여하고 싶어도 할 수가 없다.

뭔가의 제약이 있거나 시스템을 유지하는 더 윗줄의 존재에게 미움을 받아선 안 되기 때문이다.

'그럼 어째서….'

어째서 악마는 굳이 이런 번거로운 일까지 해가면서 강혁의 행사에 개입해왔던 것일까?

"애매하단 말이지."

거기에 대해서는 다양한 해석들을 떠올릴 수 있었지만 결국에는 모두 가정에 불과할 뿐이었다.

'어쨌든 사실 관계는 그렇군. 악마는 따로 공작까지 할 정도로 나를 탐내고 있었지만 직접적인 개입을 할 수는

없었다.'

계단에 대충 걸터앉은 강혁은 여전히 멈추어 있는 공간을 의미 없는 시선으로 둘러보다가 이내 자리를 박차고 일어섰다.

교무실에 끌려온 학생처럼 무릎을 꿇고서 눈치를 보고 있던 스즈가 화들짝 놀라며 겁에 질린 표정을 짓는다.

강혁은 그런 스즈를 물끄러미 쳐다보다가 이내 염소머리 악마에게로 시선을 향했다.

'어쨌든, 이 공간이 멈추게 만든 주체가 저 녀석이 아닌 건 분명한 것 같으니까……, 이제 남은 건 아까 전의 가정을 테스트해보는 것뿐인가?'

강혁은 숏소드를 늘어뜨린 채로 굳어있는 염소 머리 악마에게로 다가갔다.

스즈는 강혁을 제대로 쳐다보지도 못한 채 눈동자만 또르르 옮겨 눈치를 보고 있었다.

그런 스즈의 동태를 빠짐없이 살피며 느긋한 걸음을 옮긴 강혁은 이내 염소 머리 악마의 눈앞에 설 수 있었다.

비록 멈추어 있고 겨드랑이 깊숙이 정글도까지 박혀들어 있었지만 당장 눈앞에 보이는 모습만 보면 당장이라도 포효를 내지르며 흉성을 드러낼 것만 같이 보였다.

'만약 그랬더라면 아마 난 이미 머리통이 날아갔겠지.'

시덥잖은 생각을 했다며 고개를 절레절레 흔들며 강혁은 망설임 없이 정글도의 손잡이를 향해 손을 뻗었다.

턱-

손바닥에 딱 맞게 들어오는 알맞은 그립감이 전해져 온다.

바로 그때였다.

"음?"

생각지도 못한 메시지창이 떠오른 것은.

[무기를 뽑아 마무리 일격을 가하시겠습니까? YES를 선택할 시에 시나리오가 클리어 되며 보상창으로 넘어가게 됩니다.(YES or NO)]

[남겨진 선택지가 있습니다. 선택해주시길.]

1. 스즈를 참살한다.

2. 스즈를 살려놓는다.

(각 선택지마다 그에 해당하는 추가보상이 주어집니다. 단, 보상의 정도는 차이가 있을 수 있습니다.)

예상대로 '마무리' 와 관련된 내용.

하지만 뒤이어 떠오른 메시지창의 내용은 미처 생각지 못했던 부분이었다.

'살리느냐 죽이느냐 그것이 문제인 선택지로군.'

바로 스즈의 생사와 관련이 있는 문제.

게다가 양자 어느 쪽을 택해도 보상이 존재한다.

'어느 쪽에 더 큰 보상이 있을지는 알 수 없지만 말이지.'

정도의 차이가 있다는 것을 보면 분명 두 가지의 선택지 중에 하나는 꽤나 큰 보상이 주어질 수도 있다는 이야기다.

"쩝."

갑자기 떠오른 선택지에 강혁은 잠시 고민했지만 이내 생각을 갈무리 했다.

어느 쪽을 선택해도 결과를 장담할 수 없다면 그냥 마음이 가는 쪽으로 선택하자는 방향으로 마음을 먹은 것이다.

그리고 그런 강혁의 선택은 스즈를 살려두는 쪽이었다.

'그래도 여기까지 힘들게 살려온 애들 중 하나인데 죽이긴 좀 찝찝하니까.'

선택지 2번을 택한 강혁은 곧장 손을 옮겨 마무리 일격 메시지창에서 YES버튼을 눌렀다.

찌이이잉-

"!"

선택을 마무리 짓는 것과 동시에 날카로운 공명음 같은 것이 뇌리를 스쳤다.

[무기의 손잡이를 움켜쥐세요.]

이어서 떠오르는 메시지창.

턱-

본능적으로 손잡이를 움켜쥐는 것과 동시에 참아왔던

숨을 내쉬듯 주변의 공기가 일시에 풀어지며 멈추었던 시
간이 다시 흘러가기 시작했다.

그리고….

"그아아아앗-!"

괴성을 내지르는 염소 머리 악마의 모습에 강혁은 그대
로 몸을 돌려 놈의 몸체를 발로 딛고서 정글도의 손잡이를
움켜쥔 손에 힘을 가했다.

"흐아앗!"

기합과 함께 강혁은 악마의 몸체를 밟고서 튕겨내듯 정
글도를 뽑아내기 시작했다.

푸그극-

기긱-

뼈와 살점과 근육층에 맞물린 칼날은 쉽게 빠져나오지
않았지만 강혁은 망설임 없이 검을 뽑아내는 움직임에 힘
을 더하고 있었다.

본능적으로 그것이 놈에게 '마무리'를 가하는 방법이라
는 것을 깨닫고 있었기 때문이었다.

"캬하아아, 캬흑!"

악마는 고통에 찬 포효를 내지르면서도 제대로 반항도
못한 채 허우적거리고만 있었다.

너무나도 무력해보이는 모습.

강혁은 차가운 시선으로 놈에게 말했다.

"이걸로 끝이다."

선고와 함께 강혁은 악마의 몸통을 박차고 뛰어 올랐다.

푸화아악-

뽑혀져 나오는 칼날과 함께 시커먼 핏물이 허공 가득 튀어 오른다.

그와 동시에,

"키, 크히잇-!?"

급살이라도 맞은 것처럼 크게 흔들리는 악마의 육체.

쩌적, 쩌저적-

이내 악마의 몸 전체로 금이 가기 시작했다.

"이, 이건 대체…."

"…아, 악마가?"

"잠깐, 스즈? 어디에 있었던 거야!"

뒤늦게 정신을 차린 올가들의 목소리가 들려온다.

강혁은 그런 그녀들을 힐끗 쳐다본 뒤 정글도의 검신 가득 묻어난 악마의 피를 아무렇게나 털어냈다.

그리고…

바로 다음 순간이었다.

끼이이이익-

이제는 익숙하게까지 느껴지는 소름끼치는 쇳소리.

그것이 귓가를 파고드는 것과 동시에 금이 간 악마의 몸이 풍선처럼 부풀어 오르기 시작했다.

"꺄악! 악마의 몸이!?"

기겁한 제니퍼의 목소리와 함께 한계까지 부풀어 오른

악마의 육체는 기어코 그 마지막을 드러내 보였다.

퍼어엉-

푸화하아악-

내부로부터 터져나가며 그 안의 뼈와 살점들, 그리고 다량의 핏물들을 사방으로 비산해냈던 것이다.

"망할."

미처 범위 밖으로 피하지 못한 강혁은 한순간에 핏물에 뒤덮여 혈인(血人)이 되고 말았지만 불쾌감 같은 것이 일지는 않았다.

찝찝한 기분이 올라오기도 전에 온 몸이 늘어지며 눈앞이 흐려지는 익숙한 감각이 잠식해들고 있었기 때문이었다.

'이걸로 정말 끝이군.'

맡은 바의 임무를 완수하고 현실로 돌아갈 때에나 느껴지는 감각.

강혁은 그 나른한 감각에 몸을 맡기며 자연스레 눈을 감았다. 마치 잠이 들기 전에 의식을 놓는 것처럼 편안한 기분에 젖어들고 있었던 것이다.

그리고 다음 순간.

"!"

강혁은 서있는 육신이 강제로 뒤로 젖혀지는 듯한 감각과 함께 바닥 깊숙이 떨어져 내렸다.

침대에 누운 채로 그 아래의 세상으로 빨려드는 것처럼.

의식 자체가 저 깊은 곳 어딘가를 향해 떨어져 내리기 시작했던 것이다.

'드디어….'

꺼져가는 의식 속에서 강혁은 마침내 돌아가게 될 현실에 대한 기대감을 머금었다.

번쩍-

"…응?"

맞이하게 된 현실은 예상과 조금 달랐지만 말이다.

눈을 뜨자마자 보인 것은 아무런 인테리어도 주어지지 않은 작은 골방이었다.

7평 남짓한 공간, 민무늬의 낡은 흰색 벽지에 오로지 싱글 배드 침대 하나만이 덩그러니 놓여진 방으로부터 눈을 뜨게 된 것이다.

'이건 또 뭔….'

설마 시나리오는 아직도 끝나지 않았단 말인가?

그런 생각이 무심코 머릿속을 헤집어갈 때였다.

[당신은 승급하셨습니다.]

돌연 귓가를 파고드는 목소리.

아니, 정신 그 자체에서 울리는 목소리가 들렸다.

"하하…."

다음순간, 강혁은 메마른 웃음을 머금고 말았다.

잠깐 눈을 깜빡였다 싶은 순간 시야를 다수의 메시지창

들이 시야를 가득 메운 채 떠올라 있었기 때문이었다.

[업적! '악마를 사냥하라'를 달성하셨습니다.]

-호칭『악마사냥꾼』을 사용할 수 있습니다.

[위업 달성! 자신보다 격이 높은 대상을 처치하였습니다.]

가장 먼저 시선을 빼앗은 것은 업적과 관련된 글이었다.

악마를 사냥하라는 내용의 업적과 함께 위업과 관련된 메시지창까지 함께 떠올라 있었던 것.

[호칭: 악마사냥꾼]

-마수 및 악마를 상대할 때 능력치가 5%상승한다.

-악마어를 할 수 있게 된다.

호칭에 대한 설명은 저러했다.

5%라는 수치가 애매하긴 했지만 앞으로의 일정에서 분명히 큰 도움이 되리라.

"웬만하면 악마랑은 다시는 마주치고 싶지 않지만 말이지."

힘을 받아 사도가 된 존재가 변한 괴물만 해도 그 정도의 위력을 지니고 있었다.

그나마도 시스템과 관련이 있을 것으로 추정되는 '약점'이 확실히 관여했기 때문에 겨우 이겨냈을 뿐이지 아마 본신 그대로 놈과 마주쳤더라면 아마도 강혁은 끝내 죽을 수밖에 없었으리라.

"그나저나 이건 대체……."

위업과 관련된 탭을 클릭한 강혁의 얼굴로 알 수 없다는 표정이 들어섰다.

말 그대로 알 수 없는 내용만이 적혀져 있었기 때문이었다.

[승급의 자격을 얻으셨습니다.]

위업 관련 탭에 적힌 메시지는 그것이 전부였다.

승급이라니… 대체 무엇을 뜻하는 걸까?

강혁은 눈썹을 좁히며 떠올라 있는 다른 메시지창들을 살펴보기 시작했다.

[시나리오 3. 무정함의 선택지(100%완료)]

ㄴ[첫 번째 필드(살인의 성)의 미션 점수]

-1단계: SS랭크

-2단계: SSS랭크

-3단계: EX랭크

다음에 보인 것은 시나리오의 진행도와 관련된 창이었다.

그곳에는 '살인의 성' 필드와 관련된 단계별 점수가 나타나 있었는데 가장 눈에 띄는 부분은 단연코 시나리오 그 자체에 대한 완료 수치였다.

'100%라고?'

분명 첫 번째 필드의 1단계를 클리어 했을 때에 확인했던 진행도는 10%에 불과했었다.

그래서 3단계 클리어시 아마도 30%가 차오르지 않겠느냐는 가정을 했던 것이 아닌가.

하지만 첫 번째 필드의 3단계 임무를 모두 클리어 한 것만으로도 시나리오는 진행도가 100%를 만족시키고 있었다. 굳이 뒤의 필드를 선택할 필요도 없이 시나리오 자체가 클리어 되어버린 것이었다.

"뭐지?"

가볍게 생각해보자면 일단은 좋은 일이었다. 생고생을 하지 않아도 다음 단계로 갈 수 있다는 말이 아닌가.

'능력만 된다면 말이지.'

여기서도 빌빌대며 겨우겨우 클리어에 성공했는데 갑자기 다음 단계로 넘어간다고? 자격이 완성되지 않은 상태에서 맞이하는 승급은 오히려 목숨 줄의 상실을 부추길 뿐이었다.

'분명히 뭔가 이유가 있을 거야.'

그래도 나름 합리적인 방식으로 진행되어 왔던 시스템이 이제와서 이렇게 주먹구구식으로 일을 진행할 리 없었다.

"여기있군."

심각한 얼굴로 이유를 찾던 강혁은 메시지창의 하단부에서 결국 원하던 바의 내용을 찾을 수 있었다.

★시나리오 중에 변수 발생! 난이도 헬 모드 변경!

★헬모드 필드의 클리어로 인한 가산점 발생!

★승급 보너스로 진행 중인 시나리오가 자동으로 클리어됩니다!

바로 변수의 발생과 그것을 클리어한데 대한 보상의 이야기였다.

☆위업 달성으로 인한 [승급 자격] 획득

ㄴ통산 시나리오 점수 가산 결과…… [만족!]

이번의 일과 지금까지의 점수를 통해 강혁은 '승급'을 성공했던 것이었다.

"일단 뭔가 자격을 얻었다는 건 알겠어. 하지만… 뭐가 달라진 거지?"

강혁은 고개를 갸웃거렸다.

승급이라 함은 분명 무언가 한 단계 올라섰다는 뜻일 텐데…….

시나리오 진행도가 단번에 100%를 달성한 것을 제외하면 어느 것도 달라진 것이 없었다.

그러나 다음 순간,

"…엥?"

강혁은 변화를 직시할 수 있었다.

새롭게 떠오른 메시지창.

그곳에는 이런 내용의 글귀가 쓰여 있었다.

[승급 보상]

1. 선택시 〈정예〉 등급이 될 수 있습니다.

2. 레어 등급 미스터리 박스 (x1) 이 주어집니다.

승급과 관련된 직접적인 보상이 적혀져 있는 메시지창.

무심코 첫 번째 보상의 탭을 클릭했던 강혁의 눈이 부릅
떠졌다.

〈정예 등급의 촉매〉

−당신은 승급의 자격을 만족하였습니다.

−사용시 한 단계 높은 '격' 을 지닌 〈정예〉 등급의 존재
가 될 수 있습니다.

['정예 등급' 이 되시겠습니까? 단, 선택은 한번 뿐이며
결코 되돌릴 수 없습니다. (YES or NO)]

[제한 시간: 29초….]

클릭을 하자마자 갑자기 선택지가 떠올랐기 때문이었다.

그것도 무려 제한시간이 붙어있는 선택지였다.

"망할…."

욕설과 함께 묘한 익숙함을 체감한다.

'이 쫓기는 느낌… 여전히 더럽구만 그래.'

살인의 성 필드를 하는 동안에는 적어도 시간 제한은 없어서 편했었는데 말이지.

강혁은 쓴웃음과 함께 선택지를 응시했다.

단순히 '정예 등급'이 되겠느냐 되지 않겠느냐에 대한 간단한 질문이 담긴 선택지.

앞서 읽었던 설명만 보자면 당연히 YES를 선택하는 것이 옳았다.

어찌됐건 한 단계 더 높은 격을 지닌 존재가 될 수 있다는 것이 아닌가.

"끄응…."

하지만 어째서인지 강혁은 쉽사리 선택을 하지 못하고 있었다.

'…너무 좋기만 한 이야기니까.'

설명의 어디에도 반대급부에 대한 이야기는 전혀 나와있지 않았던 것이다.

원인이 없는 결과가 없듯이 세상 어디에도 반대급부가 없는 일 따위는 존재하지 않았다.

'여기에도 분명히 존재할테고 말이지.'

애초에 좋기만 한 이야기라면 어째서 선택지가 주어진단 말인가.

그냥 물어볼 것도 없이 적용시키면 그뿐인데 말이다.

"결국은 도박이란 거네."

강혁은 한숨을 머금었다.

손쉽게 결정할 수 있는 문제가 아닌 것이다.

"···젠장."

하지만 고민은 길게 이어질 수가 없었다.

어느새 제한 시간이 10초 안쪽으로 줄어들어 있었기 때문이었다.

[제한 시간: 8초····.]

무엇이되든 이제는 선택을 해야만 했다.

하염없이 줄어드는 시간을 보며 강혁은 이를 악물었다.

그리고···.

"에라이 몰라!"

마침내 선택지를 향해 손을 뻗었다.

불과 제한 시간 2초만을 남기고 선택한 결론.

[정예 등급 촉매가 사용되었습니다. 충격에 대비해주세요.]

그것은 다름아닌 도박을 시도해보는 것이었다.

선택이후 떠오른 메시지창의 내용을 확인함과 동시에 강혁은 긴장감을 한껏 끌어올렸다.

충격에 대비하기 위함!

번쩍-!

하지만 인식의 범주에 들어서기도 전에.

"크하아악!"

강혁은 찬란한 빛무리와 함께 찾아든, 온 몸이 타들어가는 듯한 통증에 무너져내려야만 했다.

부글부글

피가 끓어오르고 살갖이 녹아내리는 듯한 감각이 온 몸을 잠식해온다.

과거 마녀로 몰려 억울하게 불타 죽어갔던 여성들이 느꼈을 고통이 이러할까?

"껀, 꺼흐으…!"

산 채로 불타오르는 듯한 고통에 강혁은 비명조차 지르지 못한 채 입을 쩌억 벌려 절규했다.

하지만 다음 순간.

강혁은 끝내 비명을 내지를 수밖에 없었다.

"끄아아아아아-!"

손끝과 발끝으로부터 전이된 통증이 혈관을 타고 올라서 머릿속까지 불태우기 시작했기 때문이었다.

수십개의 가시가 머릿속을 헤집어대기라도 하는 것처럼 날카로운 통증에 강혁은 연신 처절한 비명을 터뜨렸다.

그렇게 약 10여초가 지났을까?

"끄흐으으…!"

벌어진 강혁의 입가로 신음과 함께 거품 섞인 침이 주르
륵 흘러나왔다.

그리고 마치 간질에라도 걸린 것처럼 연신 떨려대던 거
짓말처럼 흔들림을 멈추었다.

이내 내려앉는 침묵.

"......."

방안 가득 채워오는 무거운 침묵에 흐르는 공기마저 무
거워지려는 찰나.

"...씨발."

욕설과 함께 강혁의 입이 열렸다.

바싹 말라버린 입술과 텁텁한 입속을 침으로 훑으며 힘
겹게 몸을 일으킨다. 그리고는 진절머리가 난다는 듯이 머
리를 흔들었다.

이번에는 정말로 죽는 게 아닌가 싶을 정도로 끔찍한 경
험이었기 때문이었다.

과거에 암살자 일을 할 때에 임무의 정보가 새어나가 탈
출하는 와중에 무려 8발이나 되는 총알을 맞고 사경을 헤맨
적도 있지만, 그때와는 비교도 할 수 없는 고통이었다.

'어쨌든 다시는 겪고 싶지 않고.'

강혁은 재차가 고개를 젓고는 바닥을 짚고 완전히 일어
섰다. 눈두덩을 문질러 조금은 탁한 시야를 밝히며 돌아본
주변의 환경은 조금 달라져 있었다.

'방이… 좀 넓어진 것 같은데?'

말 그대로 방이 조금 넓어져 있었다.

7평대의 공간에서 10평 정도로 늘어난 느낌의 미묘한 차이였지만 분명히 넓어져 있었던 것이다.

변화는 그 뿐만이 아니었다.

낡은 벽지로 덮여있던 벽면은 어느새 깔끔한 색채의 베이지색 벽지로 바뀌어 있었으며, 싱글 배드를 제외하면 휑하던 공간에는 추가로 테이블과 의자 등이 생겨 있었다.

무엇보다도 천장에 매달린 전등이 밝은 형광등 불빛으로 환하게 밝히고 있는 새로운 방의 전경에 강혁은 실소를 머금었다.

이것이 변화한 입장에 대해 보여주기 위한 것이라면 성공이라는 생각이 들었기 때문이었다.

"후우… 근데 실제론 뭐가 바뀐 거지?"

지옥의 고통을 지나온 뒤에 후들거리는 다리를 터덜터덜 옮겨 의자에 앉은 강혁은 이내 손을 뻗어 새롭게 떠오른 메시지창을 열었다.

[축하드립니다! 당신은 이제부터 정예 등급의 존재입니다!]

심플한 축하의 메시지로 시작하는 메시지.

그곳에는 정예 등급이 됨으로 인해서 얻게 되는 특혜와 특전. 그리고 그에 대한 반대급부 등이 상세히 적혀져 있었다.

★모든 스텟의 수치가 20%상승하며 이 효과는 지속됩니다.

★모든 스킬들에 은총이 내립니다. 크고 작은 변화가 생길 수 있습니다.

★사냥 및 임무로 얻는 경험치 상승양이 10%증가합니다.

☆정예 등급은 노말 등급에 비해 2배의 성장 경험치를 요구합니다. 빠른 성장을 위해서는 위험한 임무를 자주 클리어 하는 편이 좋습니다.

※특전.1 : 격의 상승으로 인해 튜토리얼 시나리오는 스킵 할 수 있게 되었습니다.

※특전.2 : 격의 상승으로 인해 20의 보너스 스텟이 주어졌습니다.

"허…."

강혁은 탄성인지 한탄인지 모를 숨을 토해냈다.

정예 등급으로써 얻게 될 변화는 분명 대단하면서도 미묘한 균형을 맞추고 있었기 때문이었다.

강혁은 즉시 스테이터스 창을 열었다.

〈스테이터스〉

근력: 15[+3]

체력: 14[+3]

순발력: 27[+5]

정신력: 13[+3]

카리스마: 15(+5)[+3]

과연 스텟들에 새로운 상승폭이 있었다.

정예 등급의 효과에 따른 20%의 상승폭이 적용된 모습.

'미묘하게 몸이 더 가벼워진 것 같기도 하군.'

새삼스럽게 몸의 상태에 대해 체크한 강혁은 잠시 고민하다가 특전으로 얻은 30의 보너스 스텟을 균등하게 분배했다.

근력, 체력, 정신력 3개의 스텟에 각각 10씩의 보너스 스텟을 분배함으로써 전체적인 균형을 맞추고자 했던 것이다.

별다른 이유가 있는 것은 아니었다.

왠지 모르게 그렇게 해야만 할 기분이 들었을 뿐.

〈스테이터스〉

근력: 25[+5]

체력: 24[+5]

순발력: 27[+5]

정신력: 23[+5]

카리스마: 15(+5)[+3]

새롭게 변화한 스테이터스 창의 모습이었다.

과연 증가한 스텟에 따라 추가 상승폭 역시도 함께 상승해 있었다.

"그럼 이번엔 스킬창을 볼까?"

강혁은 스킬창을 열었다.

그리고는 저도 모르게 입을 벌리고 말았다.

⟨스킬 목록⟩

[냉철한 판단력(패시브) – 레벨 없음]

–어떤 상황에서든 침착함을 유지하게 만들어 준다.

–정신계 공격에 대한 저항을 할 수 있다.

[생존 본능(패시브) – 레벨 없음]

–생존을 위한 본능 그 자체.

–생존을 위해 할 수 있는 모든 것들을 행할 수 있게 된다.

–생존의 위기 시에 초인적인 힘을 발휘할 수 있다.

[싸이코키네시스(유니크) – LV. 1]

-의식이 닿는 곳의 공간으로 무형의 힘을 행사할 수 있다.

-스킬의 레벨이 오를수록 위력이 더 강해집니다.

-조금 더 세밀하게 염력을 컨트롤 할 수 있게 됩니다.

-충격파를 발생시킬 수 있습니다.

(최대 15미터 반경으로 힘을 행사할 수 있으며, 최대 10KG이하의 무게를 들어 올릴 수 있습니다.)

[불사의 기백(유니크)]

-전장의 사신이라 불렸던 남자, 카론의 고유 스킬.

-하루 1회에 한해서 죽음에 이르는 모든 충격을 무효로 돌릴 수 있게 된다.

-시전 하는 즉시, 10초간 불사의 상태가 되어 모든 상태 이상이 회복되며 최상의 상태로 몸을 되돌릴 수 있다. 단, 유지시간이 끝났을 때에는 누적된 데미지들이 고스라이 돌아오게 되니 빠른 회복이 필요하다.

(쿨 타임 1시간)

얼핏 보기에는 아무런 변화가 없는 것처럼 보이지만 카론으로부터 공유 받은 스킬을 제외하면 유일한 액티브 스킬이라고 할 수 있는 염력 스킬에서 확연한 변화가 있었다.

단순한 스킬 레벨의 상승 같은 것이 아니라 아예 새로운 종류의 스킬로 진화해 있었던 것이다.

'싸이코키네시스라니……'

해석하자면 염동력 정도로 염력과는 기껏해야 한 글자 정도의 차이였지만 그 안에 담겨진 능력은 그야말로 비교를 불허할 정도였다.

15미터 반경에 10KG의 무게를 감당할 수 있게 된 것으로 모자라 염력을 충격파의 형식으로 발산할 수도 있게 된 것이다.

무엇보다 마음에 드는 부분은 염력의 제어가 편리하게 된다는 점이었다.

이전에는 염력을 통한 행위가 복잡해지면 질수록 머리에 전해지는 과부하는 커지고 그에 따른 반발을 고스라이 받아 왔으니까 말이다.

'염소 악마랑 싸울 때도 어느 순간 코피가 흐르고 있었지.'

당시에는 아드레날린이 잔뜩 상승해있었기 때문인지 코피가 흐르건 말건 신경을 쓸 틈도 없이 머리를 찔러오는 통증도 잊고서 싸움에 임했었지만, 아마 평상시였다면 두통에 꽤나 고생을 해야만 했을 것이었다.

"대단하군!"

무의식적으로 손을 뻗어 염력을 가동해보던 강혁의 입가로 탄성이 토해졌다.

단순한 염력의 가동만으로도 이전과는 비교도 할 수 없을 만큼 확장된 범위와 힘이 느껴졌기 때문이었다.

"하하⋯."

강혁은 흡족한 미소를 머금었다.

"이건 쓸 만하겠어."

만족한 얼굴로 강혁은 스킬창의 하단부를 다시 훑었다.

스킬창에는 기존에 가지고 있던 스킬 외에도 무려 2개나 되는 스킬이 새롭게 생성되어 있었던 것이었다.

[비도술(패시브) – LV.1]

–단검류의 무기를 투척 시 위력과 정확도가 상승합니다.

–스킬의 레벨이 오를수록 효과가 더 강해지며 특수한 효과가 발생할 수 있습니다.

[나선력(유니크) – LV.1]

–회전을 통해 발생하는 무형의 힘.

–뻗어내는 모든 종류의 공격에 사용할 수 있다.

–스킬의 레벨이 오를수록 위력이 강해집니다.

(연동 가능 스킬: 비도술, 싸이코키네시스)

비도술과 나선력이라는 이름의 스킬이었다.

아무래도 염소 악마와 싸울 때에 사용했던 염력과 단검의 콜라보가 그 영향을 미친 것 같았다.

'하지만 나선력이라니⋯⋯.'

왠지 모르게 열혈물이 떠오르는 이름의 이 스킬은 정말

이지 생각지도 못한 결과물이었다.

게다가 무려 유니크 등급의 스킬이 아닌가.

언뜻 보기에는 뻗어나가는 것이 회전력을 가미시켜줄 뿐인 스킬이었지만 연동 가능 스킬과 합치면 어마어마한 효과가 발생했다.

[스파이럴(비도술+나선력)]

-투척한 단검이 드릴처럼 회전하며 날아갑니다.

-효과가 유지되는 동안 관통력이 상승하며 단검의 주변으로 풍압이 발생합니다.

[나선파(싸이코키네시스+나선력)]

-염동력에 나선력을 실어서 보낼 수 있게 됩니다.

-회전의 힘이 더해진 충격파의 위력이 대폭 상승합니다.

스킬이 연동됨으로 인해 새로운 형태의 스킬들을 추가로 사용할 수 있게 되는 것이었다.

"하하…."

강혁은 실소와 함께 볼을 긁었다.

새삼스럽게 두려워지기 시작했기 때문이었다.

'이런 말도 안 되는 특전들이 그냥 주어질 리가 없잖아?'

단순히 정예 등급이 되었다고 해서 이렇게나 많은 특전을 주는 것은 이치에 맞지 않았다.

지금까지 지나왔던 임무들을 고려하더라도 이런 식의 상승폭은 오버 파워에 가까웠기 때문이었다.

"결국에는 더 심한 지옥이 기다리고 있다는 거겠네."

하지만 강혁은 한숨을 내쉬면서도 작게 미소를 머금었다.

염소 악마와의 싸움이 깊이 잠들어 있던 사혁으로써의 전투감각을 완전히 깨워낸 탓일까.

"얼마든지."

강혁은 자신에 찬 미소를 머금었다.

지금이라면.

어떤 적이 나타나든 모두 이겨낼 자신이 있었으니까.

"그나저나… 아직도 읽어야 할 게 남았나?"

여전히 읽히기를 기다리며 허공에 둥둥 떠올라 있는 메시지창들을 본 강혁은 한숨을 내쉬며 손을 뻗었다.

그러자 확장되며 그 안의 내용을 펼쳐내는 메시지창들.

"호오?"

그 첫 번째 글귀를 읽자마자 강혁은 감탄을 머금었다.

[자격의 첫걸음]

-튜토리얼 시나리오를 모두 클리어 함으로 인해 증명의 땅으로 접어들 수 있게 되었습니다.

-자격의 충족으로 '레벨 시스템' 이 개방되었습니다.

여태까지 알아왔던 시스템의 커다란 변화를 예고하는 문구와 함께.

★누적된 생존 점수의 합산 결과 얻게 될 경험치는 128,000입니다. (사용 시 예상 레벨: 5LV)
★헬모드 필드의 선택으로 인한 특전이 있습니다.
(추종자: 스즈 1LV)

또 다른 혜택들이 떠올라 있었던 것이다.
망설일 것도 없이 강혁은 즉시 특전을 사용했다.

[상태창]

이름: 강혁(LV.5)
종족: 인간
호칭: 악마사냥꾼
직업: 생존자(정예)

스킬: [냉철한 판단력(패시브)], [생존 본능(패시브)], [싸이코키네시스(액티브)], [불사의 기백(액티브)], [비도술(패시브)], [나선력(액티브)]

〈스테이터스〉

근력: 25[+5]

체력: 24[+5]

순발력: 39[+8]

정신력: 23[+5]

카리스마: 15(+5)[+3]

특전의 사용으로 인해 변화한 강혁의 최종 상태창은 이러했다. 레벨당 3포인트씩 총 4단계의 업으로 인한 12의 추가 스텟을 순발력에 모조리 투자한 결과였다.

"후우, 이젠 정말로 초인이라고 해도 되겠어."

굳이 움직여보지 않아도 확장된 감각과 늘어난 반사 신경들이 변화된 상태를 짐작할 수 있게 해주었다.

단순하게 생각해봐도 일반적인 사람이 지닐 수 있는 스텟의 4배 이상의 순발력을 지닌 셈이었으니 확실히 인간의 영역은 벗어났다고 할 수 있는 것이다.

'지금 100미터를 뛰면 한 5초대 안으로는 들어올 수 있지 않을까?'

전문적인 훈련을 받은 것은 아니니 수치상의 결과가 나오리라 장담할 수는 없었지만 확실히 5초 안에는 주파할 수 있을 것 같았다.

"좋군."

새삼스레 감탄하며 강혁은 남아있는 특전을 향해 손을

뻗었다.

[추종자]

라고 하는 생소한 이름의 시스템 버튼을 향해서 말이다.

버튼을 누르자 푸른색의 창이 열리며 그 위로 마치 게임의 캐릭터 선택창과도 같은 장면이 떠올랐다.

〈스즈 LV.1 (추종자)〉

-당신에게 종속된 존재입니다.

-미션을 대신 보낼 수 있으며 결과에 따른 성장을 시킬 수 있습니다.

-경험치를 제외한 보상은 오롯이 마스터의 것이 됩니다.

-원하면 계약을 해지할 수 있습니다. 계약이 해지된 추종자는 다시 영혼의 상태로 돌아가 지옥의 틈을 떠돌게 됩니다.

꽤나 노출도가 높은 여닌자의 복장을 하고 있는 스즈는 지저분한 머리칼을 포니테일의 형태로 묶어 올려 다소 날카로운 눈매를 드러내고 있는 상태였다.

"흐음…."

강혁은 그 모습과 함께 옆의 칸으로 새겨진 설명들을 차분히 읽어보다가 이내 [소환] 버튼을 향해 손을 뻗었다.

번쩍-!

버튼을 누르자마자 추종자 선택창이 사라지며 푸른색의

빛무리가 방안 전체를 밝혔다.

"안녕하세요… 마스터."

빛이 가라앉고 모습을 드러낸 것은 예상대로 여닌자 복장을 한 스즈였다.

상황이 주는 아이러니함 때문일까.

그녀는 눈도 마주치지 못한 채 우물대고 있었다.

하기사 좀 전까지만 해도 죽이려고 시도했던 대상에게 이제는 충성해야만 한다니 어색하기도 할 것이었다.

강혁은 그런 분위기에 내색하지 않고서 짐짓 근엄하게 인사를 받았다.

"그래. 앞으로 잘 부탁하지."

"네? …저, 정말인가요?"

스즈는 믿을 수 없다는 표정이었다.

"왜? 무슨 문제라도 있나?"

대수롭지 않게 묻는 강혁의 말에 스즈는 잠시 우물거리는 듯하다가 이내 눈을 질끈 감으며 토해내듯 말했다.

"그게 저는 영락없이 계약해지 되는 줄로만……."

"내 목숨을 노렸었으니까?"

"네. 목숨을 노렸었으니까요."

부끄럽다는 듯이 시선을 내리며 따라하는 스즈의 말에 강혁은 실소를 머금으며 답했다.

"그런 거랑 무관하게 지금은 내 부하라며."

"네? 아… 그, 부하 맞죠. 아하하…."

"배신이라도 할 거야?"

"아니요! 절대로 그럴 리 없죠. 애초에 추종자는 그런 의지를 가질 수도 없구요!"

있을 리 없다는 듯 열성적으로 말하는 스즈의 대답에 강혁은 고개를 주억이며 말을 이었다.

"그럼 문제없잖아? 앞으로 잘 부탁하자고. 기왕에 얻게 된 추종자이니만큼 그냥 놀려둘 생각은 없거든."

"서, 설마…?"

"걱정 마. 어이없게 죽일 생각은 없으니까. 다만 뽕을 뽑을 수 있는 건 확실히 뽑아야 하는 성격이라서."

"히익!?"

음산하게 웃어 보이는 강혁의 표정에 스즈의 얼굴이 하얗게 질렸다.

"어쨌든 지금 당장은 딱히 시킬 일이 없으니 쉬고 있도록. 저기 침대에 가서 좀 누워있던가."

"예? 아… 알겠어요."

의외의 명령이라고 생각했기 때문일까?

스즈는 고개를 갸웃하면서도 순순히 침대로 걸어가 조용히 걸터앉았다.

그런 그녀를 가볍게 일별한 강혁은 어깨를 으쓱하고는 마지막으로 남겨진 메시지창을 향해 천천히 손을 뻗었다.

"!"

버튼을 누르자마자 역시 마찬가지로 확장되며 떠오르는 메시지창의 내용들.

그곳에는 꽤나 긴 내용의 글귀가 쓰여 있었다.

※자격의 증명으로 인해 이제부터는 '미스트'의 세계로 들어오는 순간을 선택할 수 있게 됩니다.

※기본적으로 주어지는 여유기간은 1달(30일)이며 임무나 의뢰의 완료를 통해 늘릴 수 있습니다.

※현실과 '미스트'의 세계를 오고가는 매개는 꿈으로 시작되지만 원한다면 즉시 다이브 할 수도 있습니다. 다만 그런 경우에는 시간의 격차에 따른 위험요소가 발생할 수도 있으므로 주의하는 것이 좋습니다.

변화한 시스템에 관한 정보와

※증명의 대지에 들어서는 순간부터 당신은 수많은 자격자들과 마찬가지로 '챌린저(도전자)'가 됩니다.

※자격을 증명하면 할수록 동기화는 깊어지게 됩니다.

아직은 알 수 없는 '무언가'에 대한 이야기들.

무엇에 대해 도전을 하게 되고 그에 따른 '동기화'라는 것이 무엇인지에 대해서는 겪어보기 전까지는 알 수 없는 일이었다.

'뭐, 그 때가서 생각하면 되겠지.'

강혁은 대충 생각을 마무리 지으며 메시지창을 내렸다.

드디어 시야 가득 떠올라 있던 메시지창들의 범람을 모두 지워낸 것이다.

"이제야 좀 밝아진 것 같군."

탁하던 시야가 일시에 밝아진 것 같은 기분을 느끼며 강혁은 의식적으로 팔을 뻗어 기지개를 펴고 뭉친 근육들을 이리저리 풀어주다가 이내 침대로 향했다.

"이봐."

"네?"

멍하게 침대에 걸터앉아 있던 스즈가 화들짝 놀라며 답한다. 강혁이 심드렁하게 물었다.

"뭐라고 불러야하지? 스즈라고 부르면 되나?"

"그, 그야 마스터가 원하시는 데로……."

"좋아. 그럼 이제부터 스즈라고 부르지. 근데 그 마스터 소리 좀 안 하면 안 되나?"

"네? 뭔가 문제라도 있나요?"

정말로 모르겠다는 듯 눈을 동그랗게 뜨며 물어오는 스즈의 말에 강혁은 한숨과 함께 답했다.

"나한테는 꽤나 지겨운 호칭이라서 말이지."

사혁이었던 시절 일선에서 물러나 제자를 비롯한 수많은 신인 암살자들에게 가르침을 주며 살아가는 동안 그를 부르던 호칭은 어김없이 '마스터'였다.

암살의 대가라는 느낌으로 주어진 나름의 격이 있는 호칭이었지만…….

'역시… 오글거리잖아?'

사혁이었던 때는 그런 호칭을 당연하게 받아들이고 그리 불리는 것을 즐겼던 때도 있었던 것 같았지만 강혁이라는 존재로 융합이 된 지금 '마스터' 같은 호칭은 얼굴이 화끈해 질만큼 낯이 간지러운 호칭일 뿐이었다.

"아무튼, 그냥 그건 하지 마."

"네? 그럼 어떻게…."

"너도 내 이름을 부르던가."

"그, 그럼… 강혁님이라고 부를게요."

"그러던지."

거기에서 대화를 마무리 지은 강혁은 그대로 스즈를 지나쳐 침대 위로 몸을 던져 넣었다.

"에, 에엣!?"

출렁거리는 흔들림과 함께 부드러운 매트의 감촉이 등허리를 단단하게 받쳐준다.

스즈가 당황하며 일어서는 기척이 들려왔지만 강혁은 거들떠보지도 않은 채 양 팔다리를 길게 뻗으며 눈을 감을 뿐이었다.

간만에 맛보는 안락한 감각이 온 몸의 긴장을 깨끗이 씻어 내리는 것만 같은 감각이 쾌락처럼 엄습해왔기 때문이었다.

"걱정 마. 안 잡아먹으니까."

눈을 감은 채로 스즈를 안심시키며 강혁은 재차 물었다.

"내가 현실에 가있는 동안 머무를 공간은 있어?"

"그게… 아뇨."

"그럼 여기서 지내고 있어. 필요해지면 따로 지시를 내리든가 할 테니까."

그 말을 끝으로 강혁은 '눕는다' 는 것이 주는 쾌락에 심취했다.

그리고….

그렇게 장장 30분간은 뒹굴고 나서야.

"슬슬 돌아가야겠지."

한숨과 함께 힘겨운 몸을 일으켜 세우는 것이다.

바뀐 변화에 따라 강혁은 이제 원하면 언제든지 현실과 미스트의 세계를 오갈 수 있었다.

조건 같은 것은 필요 없었다.

이곳, 룸(ROOM)안에서는 언제든지 양쪽을 오갈 수 있는 모양이니까.

"왠지 모르게 많은 시간이 지난 것 같은 느낌이네."

새삼스러운 평과 함께 강혁은 방의 중앙에 선 채로 편안하게 눈을 감았다. 그와 동시에 온 몸 가득 짓쳐들어오는 부유감과도 같은 감각을 느끼며 강혁은 흐름에 몸을 맡겼다.

그리고….

"음."

느긋하게 감겨진 눈꺼풀을 밀어올린 순간.

"돌아왔군."

익숙한 천장의 모습이 강혁을 반겼다.

〈4권에 계속〉